新文藝

中国现代文学大师读本

沈从文乡土小说

凌宇 编

上海文艺出版社

目 录

序

凌　宇

所谓"乡土文学"，原是在二十年代特定背景下出现的一种文学现象。鲁迅曾这样界定它的特征：

> 蹇先艾叙述过贵州，裴文中关心着榆关，凡在北京用笔写出他的胸臆来的人们，无论他自称用主观或客观，其实往往是乡土文学。从北京这方面说，则是侨寓文学的作者。但这又非如勃兰兑斯所说的"侨民文学"，侨寓的只是作者自己，却不是这作者所写的文章，因此也只见隐现着乡愁，很难有异域情调来开拓读者的心胸，或者炫耀他的

眼界！①

　　因此，鲁迅并不将自己以乡土为题材的小说归入"乡土文学"之列。虽然，"乡土文学"这一概念一经提出，就获得了普遍认可，然而后来对这一概念的使用却远远溢出了鲁迅的界定。"以农村生活为题材，具有较浓郁的乡土气息与地方色彩的小说"，成为这种泛"乡土文学"概念的一般注脚。将鲁迅的《孔乙己》、《故乡》、《阿Q正传》视为"乡土文学"最早的代表作，就是从这个意义上说的，将沈从文以乡土为题材的小说归入"乡土文学"，也是从这个意义上说的。

　　正如鲁迅所指出的，由于作者对题材"用客观或主观"把握的不同，"乡土文学"，一开始就裂变为乡土写实与乡土抒情两大基本类型，同时也预告了"乡土文学"后来发展的两种不同方向。这种区别也为沈从文所意识：

　　　　自己有时常常觉得有两种笔调写文章，其一种，写乡下，则仿佛有与废名先生相似处。由自己说来，是受了废

────────────

　　①　鲁迅：《中国新文学大系·小说二集导言》。

名先生的影响。但风致稍稍不同。因为用抒情诗的笔调写创作，是只有废名先生才能那样经济的①。

将沈从文与废名的乡土小说看作一个类型，对认识"乡土文学"之一支的乡土抒情小说的演变轨迹，具有不可或缺的意义。然而，归类法得到的只能是类特征，却无法获得作家创作的个性特征。或许正是出于这种思考，沈从文在另一场合，特意将自己的创作与废名进行对比：在废名笔下，"这些灵魂，仍然不会骚动，一切与自然谐合，非常宁静，缺少冲突"；而自己虽然"同样去努力为仿佛我们世界以外那个被人疏忽遗忘的世界，加以详细的注解"，却又力图"使人对于那一世界憧憬以外的认识"。在这一方向，"似较废名为宽而且优"②。

经沈从文"注解"的那个被人疏忽遗忘的世界，就是他的乡土小说所展示的湘西世界。在这个世界里，人的生存方式，其道德形态或人格气质，诸如纯朴、善良、诚挚、热情、雄强等，几乎立即为读者所感觉，所认识。就这一层面而言，是人

---

① 《夫妇·附记》，《小说月报》20卷1号。
② 《论冯文炳》，《沫沫集》，上海大东书局1934年4月版，着重号为引者所加。

的生存方式由湘西依旧得以保留的原始文化所规定，人的生存本质与自然相契合，总有一种田园诗趣弥漫在作品的字里行间。——沈从文保持着与废名小说某种气质的一致性。然而，在废名那里，是有意割断乡村历史存在与现代社会变异的联系，因而缺少冲突。在沈从文笔下，则展示出乡村社会历史文化的常数与现代文化的变数交织而导致的矛盾冲突及人的生存悲剧。《月下小景》一类依据少数民族某些习俗创作的作品，在一种属于纯粹历史悬拟的情节设置里，自然不可能出现现代文化因素。然而，即便在这里，那一对相爱却不能结婚的青年男女，最终只能到一去不能再回来的地方旅行，也直接导源于一种文化自身的矛盾，生命的原始自由与原始禁忌之间的不可调和性。在更多的作品里，这种悲剧冲突就具有了两种不同文化对立的性质。《夫妇》、《菜园》、《新与旧》表现的，就是乡村生命的原始生存方式在社会文化现代变异的环境里的际遇。无论是《菜园》中玉氏母子间田园诗般的生活情趣与天伦之乐，《夫妇》中那对乡下青年夫妇率性而为、不避忌讳、类似野合的行为所呈现的生命自然形态，还是《新与旧》里即便官府杀人也有罪过的观念及其派生的"神人合作"杀人程序，都孕育于湘西特殊的区域文化整体结构之中。然而，人的这一文化——生存方式，却被卷入文化业已变异的现代环境中。玉氏母子一夜之间翻福为祸，人亡屋空，美遭到现代暴政的无情蹂躏；体现在那对乡下青年夫妇身上的人的自然行为，被视为"伤风败俗"而落入被示众、处罚的困境；保有凡杀人皆有罪的观念并恪守相应程序的杨金标，竟被人目为"疯子"，差点被乱枪打死，最终也不免"白日见鬼"，在极度惊骇中死去。

如果说，上述作品侧重于外部环境的文化变异对人物主体文化守常的严重冲击及其悲剧性后果，情节的设置未能提供人物对这一冲击应对与选择的充分信息，外部环境的文化变异成为悲剧的主要成因，那么，在《柏子》、《萧萧》、《贵生》、《丈夫》诸篇章中，不仅叙写出外部环境的文化变异——由雇工制、童养媳制、卖淫制体现的人身依附关系，以及以金钱为核心的现代人生观念对乡村生命的钳制与冲击，也充分地揭示出人物主体对外部变异的应对与选择方式。这两个侧面，构成小说的双重悲剧意蕴。

《萧萧》的主人公，作为一个童养媳，从嫁到婆家伊始，就被置于人身依附的悲剧处境，而萧萧自己对此浑然不觉。小说一开始就从外部境遇与主体反应两个方面，揭示出人物生存状态的基本性质。萧萧被引诱失身、怀孕这一突发事件的前前后后，是小说的叙事核心。这一事件指向人物处境与命运的严重恶化，即萧萧面临被"沉潭"或"发卖"的后果。但由于婆家娘家皆无"读'子曰'"的人物，——一时又找不到买主——萧萧生下的是一个儿子，人生的必然与偶然的交织、常与变的错综，竟阴差阳错地消弥了人物处境与命运的恶化趋向，萧萧的处境重新回到故事开始时的状态。与这一过程同步发生的，是萧萧对这一事件的应对方式。约花狗大一起逃走——吃香灰、喝冷水——准备独自逃走。当这些行动均告失败以后，萧萧便不再有任何作为，一切听凭命运安排。最后，她仍然同小丈夫"圆了房"，当她抱着新生的儿子在门前看新媳妇进门时，"同十年前抱丈夫一个样子"——人物的主体精神同时回复到故事开始时的状态。于是，小说对人物生存状态的叙写形成了一个封闭式的回环结构：

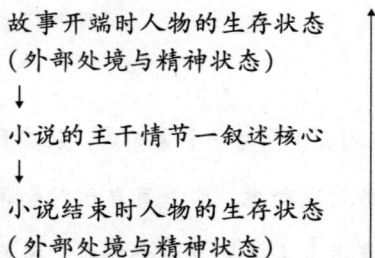

故事开端时人物的生存状态
（外部处境与精神状态）
↓
小说的主干情节一叙述核心
↓
小说结束时人物的生存状态
（外部处境与精神状态）

《柏子》具有《萧萧》同样的叙述结构。小说开篇即写水手柏子的现实处境——在雇工制下的艰辛贫困以及船抵码头时，由于怀着与身为吊脚楼妓女的情人相会的预期，柏子唱歌的快乐情状。小说重点叙述了柏子与吊脚楼相好女人见面后的种种：在一种近似原始的放纵粗野的行为里，透出男女双方热烈而又痴情的爱。但这种爱又由于双方现实处境的限制，带着令人无可奈何的缺陷。小说结尾叙柏子返回船上的情形。从离开河船到返回河船，人物的现实处境依然如故：去时快乐地唱歌，回来时依旧快乐地唱歌，人物的主体精神也没有任何变更，"他不曾预备别人怜悯，也不知道可怜自己"。一个月后，一切又重复来过。

假如说《萧萧》、《柏子》封闭式叙事结构由人物对自己真实处境始终浑然不觉（对处境的无知）所规定，因而永远逃不出悲剧式的人生循环（萧萧确定一度萌生过"自由"的念头，却是出于乡下人依据道听途说，对"五四"精神的读异，并不真正明白自由为何物），那么，人物对自身处境由不明（无知）到发现（知），则成为《贵生》、《丈夫》情节发展的内在张力。在这两篇小说中，故事结尾时人物的处境与精神状态不再回到原先的起点。贵生在放起一把无名大火后失了踪；乡下丈夫终于带着河船上卖淫的妻子一起回转乡下去了，就是人物对自身真实处境从起始时懵然不知（贵生以为金凤另嫁只是由于自己相信命相而错过了时机，而探望卖淫妻子的乡下丈夫真以为自己做丈夫的身份与权利在河船上并没有失去）到终于发现自己凌辱、侮弄的真实处境的必然结果。不仅如此，小说还提供了关于乡下人生存状态的新信息。《贵生》里的金凤与《丈夫》里的乡下妇人，已不同于萧萧与《柏子》里的吊脚楼妓女，萧萧与吊脚楼的妓女，现实环境虽然剥夺了她们的人身自由，其乡下人的纯朴本性却并未丧失。即便是吊脚楼的妓女，虽为生活所迫，不得不卖淫，但恩情却结于水手。而《贵生》里的金凤，却被金钱迷失了本性，竟置与贵生青梅竹马式关系于不顾，甘愿嫁与地主作妾；《丈夫》里的乡下妇人出来"作生意"，对"现代文明"耳濡目染的结果，不多久就失去了乡下人原有的羞涩朴素，变得城里作太太一类人物的"大方自由"，迫于生计的被动卖淫蜕变为主动承欢，于是，这乡下妇人"就毁了"。

从乡下人的现代生存状态里，沈从文发现并把握住了一种意义与思想的焦点，一种赖以对乡村世界进行"注解"的价值尺度：一方面，现代文化——生存环境的变异对乡村生命的钳制，造成了乡下人的外部悲剧处境。作为一个历史过程，在现代文明的有形制度与无形观念的作用下，乡下人的生命主体正逐渐发生着从原始素朴到灵魂扭曲的流变；另一方面，与原始素朴同根共源的乡下人主体精神的原始蒙昧，正是造成他们人生悲剧循环的另一个根源。如果不能摆脱这种主体蒙昧状态，乡下人就无法在现代环境中维护自己生命的尊严。

正是这种被沈从文发现并把握住的意义或思想焦点，决定了沈从文上述小说的写实本质。与另一类写实（从人的政治—经济关系角度）为特征的乡土小说相比，沈从文对湘西世界的写实把握，不过换了一种角度而已。正如沈从文自己所归纳的那样：

企图把作品由平易和现代政治作紧密结合也好，这原是个异常庄严的课题。希望用作品由个人对于自然和生命的深刻观照带来一阵新鲜空气也好，这更是个值得鼓励的探险。①

沈从文小说所追求的，显然是后者而非前者。然而，沈从文上述小说对乡土的写实把握，在更大范围内却归属于他对乡

① 《新废邮存底：三五七——谈现代诗》，1948年1月17日《益世报》。

村人生的浪漫主义追求。也许是出于对萧萧、柏子一类乡土人物生存状态的反思,《边城》所提供的人物生存状态,恰恰是一种反《萧萧》、《丈夫》模式。

《边城》叙述的是一对乡村儿女的爱情故事。围绕翠翠与傩送的爱与其难于实现的冲突展开的情节线,构成小说的叙述核心,两组主要人物关系的演变组合成两大叙述序列。在由傩送—翠翠—天保之间的关系组成的第一大序列中,傩送与天保之间对翠翠爱的竞争,是"走车路"与"走马路"的对立。"走车路",即托人说媒提亲,一切由双方家长做主;"走马路",即唱歌求爱,一切由自己做主。这在实质上,是婚姻自主与不能自主的对立。在由团总女儿—傩送—翠翠之间的关系组成的第二大序列中,由于顺顺与老船夫实际上分别充当团总女儿与翠翠利益的代表者与监护人,这一组人物关系又由顺顺—傩送—老船夫所体现。在这一序列中,团总女儿与翠翠对傩送的竞争,是"碾坊"与"渡船"的竞争。团总女儿以一座崭新碾坊作陪嫁,其收入可抵十个长工干一年;而渡船一方,除了翠翠"一个光人",什么也没有。这在实质上,是金钱婚姻与具人本特征的爱情之间的对立。正是由于这座碾坊的介入,加上第一序列中天保死亡投射的阴影,以及人与人之间的难于互相理解,综合成傩送的离家出走。很显然，"走车路"与"走马路"、"碾坊"与"渡船"的对立，是二十世纪初叶湘西两种不同的文化—生存形态的交织冲突在小说中的被聚焦。恰恰是这种对立，为小说中人物提供了不同的应对与选择的可能。翠翠在第一序列中，拒绝了"走车路"而接受了"走马路"——"梦中灵魂为一种美妙歌声浮起来了"；在第二序列中，当局面终成未定状态，一切都难以预料的时候，仍然信守最初的选择，在渡口等候傩送的归来："这个人也许永远不回来了，也许明天回来！"而傩送在第一序列中，是"走车路"的坚定实行者，在第二序列中，面对碾坊提供的新选择，也没有丝毫动摇。甚至在父亲逼他在团总女儿婚事上表态时，也认定"我命里或只许我撑个渡船！"——小说叙述突出了人物的理性与意志的力量，在关系到人的命运的重大关口，始终把握住了生命的属人本质。既非萧萧式的蒙昧，也没有如《贵生》里的金凤和《丈夫》里的乡下妇人，性格灵魂被金钱扭曲变形。《边城》叙事所展示的文化——生存模式，无疑寄托了沈从文的理想主义渴求：即保留人与自然契合的生命本质，抵御"现代文明"对人性的腐蚀，同时调动人的理性与意志力量，在文化变异的现代环境中，实现生命的自主自为。

也许，正由于沈从文对乡村文化—生存方式的这种近于理想主义的聚焦，以至《边城》被人误解为一种向后看的社会历史文化观。对此，沈从文回答说："《边城》中人物的正直与热情，虽然已经成为过去了，还应当保留些本质在年青人的血里或梦里。"① 沈从文明确意识到已成为"过去"的《边城》世界的不可重返性，只是希望将边城人的生存方式，保留其本质，作为民族文化—生存方式重造的基因。作为沈从文理想主义的基本特征，是将传统的道家自然生命哲学与儒家入世的进取精神（强调人的理性与意志力量）糅合而成的一种"新道家精神"。

沈从文小说中的这种理想主义的追求及其强烈的抒情色彩，往往使人忽略了这种理想主义渴求所由产生的对乡土人生的思想认识基础，从而导致对沈从文乡土小说的读异。似乎沈从文着意营造一个游离现实的"桃花源"式的世界。对此，沈从文不无感慨地说："你们能欣赏我故事的清新，照例那作品背后蕴藏的热情却忽略了。你们能欣赏我文字的朴实，照例那作品背

---

① 《长河·题记》

后隐伏的悲痛也忽略了。"① 基于沈从文对湘西世界把握的意义与思想焦点及情感走向，决定了沈从文乡土小说叙述话语的基本特征——一种被热情与悲痛交织生成的乡土悲悯感所浸透的悲凉语调。无论是同故事叙述者，还是异故事叙述者，都是作者内心情绪的抒发者。在《边城》里，甚至作者—叙述者—被叙述的人物三位一体，完成着作品的抒情。以至朱光潜指出：《边城》"表现出受过长期玉迫而又富于幻想和敏感的少数民族在心坎里那一股沉忧隐痛，翠翠似显出从文自己的这方面的性格……他不仅唱出了少数民族的心声，也唱出了旧一代知识分子的心声，这就是他的深刻处"②。而在那些近于写实的乡土小说如《柏子》、《萧萧》、《贵生》、《丈夫》等作品中，作者—叙述者又适当拉开了与对象世界的距离。这一距离由小说中明显可见的一部分具幽默与反讽色彩的叙述话语所显示，从而构成小说叙事的双重语调。这自然是一种语言与情感的历险，它可能造成读者对小说情感趋向把握的歧义性。但由于沈从文对语言的分寸感，这一历险的结果，不是冲淡而是强化了小说的悲

---

① 《从文小说习作选·代序》
② 《从沈从文先生的人格看他的文艺风格》，《花城》第5辑，1980。

凉气氛。

以上，我们对沈从文小说之为乡土小说，对乡土人生的独特文化把握方式，以及作为乡土文学之一支的具理想主义色彩的乡土抒情特征，作了一个大略的介绍。正是在这方面，沈从文的乡土小说开启了中国现、当代小说中堪称乡土文化小说的先河。自然，沈从文乡土小说的贡献并不止此。例如，他对乡土人物气质与心理状态的微妙把握，对故事人事发生的时空感觉，以及在文体与语言方面进行的探索与实验等等，都为中国现、当代小说的后来发展，提供了有益的经验。所有这些，相信在阅读中都会为读者所感觉与发现。

柏　子

把船停靠到岸边，岸是辰州的河岸。

于是客人可以上岸了，从一块跳板走过去。跳板一端固定在码头石级上，一端搭在船舷，一个人从跳板走过时，摇摇荡荡不可免。凡要上岸的全是那么摇摇荡荡上岸了。

泊定的船太多了，沿岸泊，桅子数不清，大大小小随意矗到空中去，桅子上的绳索像要纠纷到成一团，然而却并不。

每一个船头船尾全站得有人，穿青布蓝布短汗褂，口里噙了长长的旱烟竿，手脚露在外面让风吹，——毛茸茸的像一种小孩子想象中的妖洞里喽啰毛脚毛手。看到这些手脚，很容易记起"飞毛腿"一类英雄名称。可不是，这些人正是……桅子上的绳索背定活车，拖拉全无从着手时，看这些飞毛腿的本领。有的是机会显露！毛脚毛手所有的不单是毛，还有类乎钩子的东西，光溜溜的桅，只要一贴身，便飞快地上去了。为表示上下全是儿戏，这些年轻水手一面整理绳索一面还将在上面唱歌，那一边桅上，也有这样人时，这种歌便来回唱下去。

昂了头看这把戏的，是各个船上的伙计。看着还在下面喊着。左边右边，不拘要谁一个试上去，全是容易之至的事，只是不得老舵手吩咐，则不敢放肆而已。看的人全已心中发痒，又不能随便爬上桅子顶尖去唱歌，逗其他船上媳妇发笑，便开口骂人。

"我的儿，摔死你！"

"我的孙，摔死了你看你还唱！"

"……"

全是无恶意而快乐的笑骂。

仍然唱，且更起劲了一点。但可以把歌唱给下面骂人的人听，当先若唱的是"一枝花"，这时唱的便是"众儿郎"了。"众儿郎"却依然笑嘻嘻地昂了头看这唱歌人，照例不能生气的。

可是在这情形中，有些船，却有无数黑汉子，用他的毛手毛脚，盘着大而圆的黑铁桶，从舱中滚出，也是那么摇摇荡荡跌到岸边泥滩上了。还有作成方形用铁皮束腰的洋布，有海带，有鱿鱼，有药材……这些东西同搭客一样，在船上舱中紧挤着卧了二十天或十二天，如今全应当登岸了。登岸的人各自回家，各自找客栈，各自吃喝，这些货物却各自为一些大脚婆子走来抱之负之送到各个堆栈里去。

在各样匆忙情形中，便正有闲之又闲的一类人在。这些人住到另一个地方，耳朵能超然于一切嘈杂声音以上，听出桅子上人的歌声，——可是心也正忙着。歌声一停止，唱歌地方代替了一盏红风灯以后，那唱歌的人便已到这听歌人的身边了。桅上用红灯，不消说是夜里了。河边夜里不是平常的世界。

落着雨，刮着风，各船上了篷，人在篷下听雨声风声，江波吼哮如癫子，船只纵互相牵连互相依靠，也簸动不止，这一种情景是常有的。坐船人对此决不奇怪，不欢喜，不厌恶，因为凡是在船上生活，这些平常人的爱憎便不及在心上滋生了。有月亮又是一种趣味，同晚日与早露，各有不同。然而他们全不会注意。船上人心情若必须勉强分成两种或三种，这分类方法得另作安排。吃牛肉与吃酸菜，是能左右一般水手心情的一件事。泊半途与湾口岸，这于水手们情形又稍稍不同。不必问，牛肉比酸菜合乎这类"飞毛腿"胃口，船在码头停泊他们也欢喜多了！

如今夜里既落小雨，泥滩头滑溜溜使人无从立足，还有人上岸到河街去。

这是其中之一个，名叫柏子，日里爬桅子唱歌，不知疲倦，到夜来，还依然不知道疲倦，所以如其他许多水手一样，在腰边板带中塞满了铜钱，小心小心地走过跳板到岸边了。先是在泥滩上走，没有月，没有星，细毛毛雨在头上落，两只脚在泥里慢慢翻——成泥腿，快也无从了——目的是河街小楼红红的灯光，灯光下有使柏子心开一朵花的东西存在。

灯光多无数，每一小点灯光便有一个或一群水手，灯光还不及塞满这个小房，快乐却将水手们胸中塞紧，欢喜在胸中涌着，各人眼睛皆眯了起来。沙喉咙的歌声笑声从楼中溢出，与灯光同样，溢进上岸无钱守在船中的水手耳中眼中时，便如其他世界一样，反映着欢喜的是诅咒。那些不能上岸的水手，他们诅咒着，然而一颗心也摇摇荡荡上了岸，且不必冒滑滚的危险，全各以经验为标准，把心飞到所熟悉的吊脚楼上去了。

酒与烟与女人，一个浪漫派文人非此不能夸耀于世人的三样事，这些喽啰们却很平常地享受着。虽然酒是酽冽的酒，烟是平常的烟，女人更是……然而各个人的心是同样的跳，头脑是同样的发迷，口——我们全明白这些平常时节只是吃酸菜、南瓜、臭牛肉以及说点下流话的口，可是到这时也粘粘滋滋，也能找出所蓄于心各样对女人的诙谐言语，献给面前的妇人，也能粗粗卤卤地把它放到妇人的脸上去，脚上去，……他们把自己沉浸在这欢乐空气中，忘了世界，也忘了自己的过去与未来。女人则帮助这些无家水上人，把一切穷苦一切期望从这些人心上挪去，放进的是类乎烟酒的兴奋与醉麻。在每一个妇人身上，一群水手同样作着那顶切实的顶勇敢的好梦，预备将这一月储蓄的金钱与精力，全倾之于妇人身上，他们却不曾预备要人怜悯，也不知道可怜自己。

他们的生活就是这样，若说还有使他们在另一时反省的机会，仍然是快乐的吧。这些人，虽然缺少眼泪，却并不缺少欢乐的承受！

其中之一的柏子，为了上岸去找寻他的幸福，终于到一个地方了。

先打门，用一个水手通常的章法，且吹着哨子。

门开后，一只泥腿在门里，一只泥腿在门外，身子便为两条胳膊缠紧了，在那新刮过的日炙雨淋粗糙的脸上，就贴紧了一个宽宽的温暖的脸子。

这种头香油是他所熟悉的。这种抱人的章法，先虽说不出，这时一上身却也熟悉之至。还有脸，那么软软的，混着脂粉的香，用口可以吮吸。到后是，他把嘴一歪，便找到了一个湿的舌子了，他咬着。

女人挣扎着，口中骂着：

"悖时的！我以为你到常德府被婊子尿冲你到洞庭湖了！"

进到里面的柏子，在一盏"满堂红"灯下立定。妇人望着他痴笑。这一对是并肩立着，他比她高一个头，他蹲下去，像整理橹绳那样扳了妇人的腰身时，妇人身便朝前倾。

妇人搜索柏子身上的东西。搜出的东西便往床上丢去，又数着东西的名字："一瓶雪花膏，一卷纸，一条手巾，一个罐子——这罐子装什么？"

"猜呀！"

"猜你妈，忘了为我带的粉吗？"

"你看那罐子是什么招牌！打开看！"

妇人不认识字，看了看罐上封皮，一对美人儿画相。把罐子在灯前打开，放鼻子边闻闻，便打了一个嚏。柏子可乐了，不顾妇人如何，把罐子抢来放在一条白木桌上，便擦了妇人向床边倒下去。

灯光明亮，照着一堆泥脚迹在黄色楼板上。

外面雨大了。

张耳听，还是歌声与笑骂声音。房子相间只多一层薄薄白木板子，比吸烟声音还低，一点的声音也可以听出，然而人全无闲心听隔壁。

柏子的纵横脚迹渐干了，在地板上也更其分明。灯光依然，把一对横搁在床上的人照得清清楚楚。

"柏子，我说你是一头牛。"

"我不这样，你就不信我在下头是怎么规矩！"

"你规矩！你赌咒你干净得可以进天王庙！"

"赌咒也只有你妈去信你，我不信。"

柏子只有如妇人所说，粗鲁得同一头小公牛一样。到后于是喘息了，松弛了，像一堆带泥的吊船棕绳，散漫地搁在床边上。

一点不差，这柏子就是日里爬桅子唱歌的柏子。

妇人望着他发笑，妇人是翻天躺的。

过一阵，两人用一个烟盘作长城，各据长城一边烧烟吃。

妇人一旁烧烟一旁唱《孟姜女》给柏子听，在这样情形下的柏子，喝一口茶且吸一泡烟，像是作皇帝。

"婊子我告给你听，近来下头媳妇才标得要命！"

"你命怎么不要去，又跟船到这地方来？"

"我这命送她们，她们也不要。"

"不要的命才轮到我。"

"轮到你，你这……好久才轮到我！我问你，到底有多少日子才轮到我？"

妇人嘴一撇，举起烟枪把一个烧好的烟泡装上，就将烟枪送过去塞了柏子的嘴，省得再说混话。柏子吸了一口烟，又说，"我问你，昨天有人来？"

"来你妈！别人早就等你，我算到日子，我还算到你这尸……"

"老子若是真在青浪滩上泡坏了，你才乐！"

"是，我才乐！"妇人说着便稍稍生了气。

柏子是正要妇人生气才欢喜的。他见妇人把脸放下，便把烟盘移到床头去。长城一去情形全变了，一分钟内局面成了新样子。

一种丑的努力，一种神圣的愤怒，是继续，是开始。

柏子冒了大雨在河岸的泥滩上慢慢地走着，手中拿的是一段燃着火头的废缆子，光旺旺的照到周围三尺远近。光照前面的雨成无数返光的线，柏子全无所遮蔽地从这些线林穿过，一双脚浸在泥水里面，——他回船上去。

雨虽大，也不忙。一面怕滑倒，一面有能防雨一或者不如说忘雨的东西吧。

他想起眼前的事心是热的。想起眼前的一切，则头上的雨与脚下的泥，全成为无须置意的事了。

这时妇人是睡眠了，还是陪别一个水手又在那大白木床上作某种事情，谁知道。柏子也不去想这个。他把妇人的身体，记得极其熟悉；一些转弯抹角地方，一些幽僻地方，恰如离开妇人身边一千里，也像可以用手摸，说得出尺寸。妇人的笑，妇人的动，也死死的像蚂蟥一样钉在心上。这就够了。他的所得抵得过一个月的一切劳苦，抵得过船只来去路上的风雨太阳，抵得过打牌输钱的损失，抵得过……他还把以后下行日子的快乐预支了。这一去又是半月或一月，他很明白的。以后也将高高兴兴地作工，高高兴兴地吃饭睡觉，因为今夜已得了前前后后的希望，今夜所"吃"的足够两个月咀嚼，不到两月他可又回来了。

他的板带钱已光了，这种花费是很好的一种花费。并且他也并不是全无计算，他已预先留下了一小部分钱，作为在船上玩牌用的。花了钱，得到些什么，他是不去追究的。钱是在什么情形下得来，又在什么情形下失去，柏子不能拿这个来比较。总之比较有时像也比较过了，但结果不消说还是"合算"。

轻轻地唱着《孟姜女》，唱着《打牙牌》，到得跳板边时，柏子小心小心地走过去，预定的《十八摸》便不敢唱了——因为老板娘还在喂小船老板的奶，听到哄孩子声音，听到吮奶声音。

辰州河岸的商船各归各帮，泊船原有一定地方，各不相混。可是每一只船，把货一卸就得到另一处去装货，因此柏子从跳板上摇摇荡荡上过两次岸，船就开了。

1928 年 5 月作

夫　妇

　　移住到××村，以为可以从清静中把神经衰弱症治好的璜，某一天，正在院子中柚树边吃晚饭，对过于注意自己饮食的居停主人所办带血的炒小鸡感到棘手，忽然听到有人在外面喊叫道："看去看去，捉了一对东西！"声音非常迫促，真如出了大事，全村中人皆有非去看看不可的声势。不知如何，本来不甚爱看热闹的璜，也随即放下了饭碗，手拿着竹筷，走过门外大塘边看热闹去了。

　　出了门，还见人向南跑，且匆匆传语给路人说：

　　"在八道坡，在八道坡，非常好看的事！要去，就走，不要停了，恐怕不久会送到团上去！"

　　究竟是怎么回事，他不得分明的。惟以意猜想，则既然人人皆想一看，自然是一件有趣味的事了。然而在乡下，什么事即"有趣",城中人是不容易明白的。

他以为或者是捉到了两只活野猪,也想去看看了。

随了那一旁走路一旁与路上人说话的某甲,脚步匆匆向一些平时所不经踏过的小山路走去,转弯后,见到小坳上的人群。人群莫名其妙地包围成一圈,究竟这事是什么事还是不能即刻明白。那某甲,仿佛极其奋勇地冲过去,把人用力掀开,原来这聪明人看着璜也跟来看,以为有应当把乡下事情给城中客人看看的必要了,所以便很奋勇地排除了其余的人。乡下人也似乎觉得这应给外客看看,赶忙各自闪开了一些。

一切展现在眼前了。

看明白所捉到的,原来是两个乡下人,想看活野猪的璜分外失望了。

但许多人正因有璜来看,更对这事本身似乎多了一种趣味。人人皆用着仿佛"那城里人也见到了"的神气,互相作着会心的微笑。还有对他那近于奇怪的洋服衬衫感到新奇的乡下妇人,作着"你城中穿这样衣服的人也有这事么"的疑问。璜虽知道这些乡下人望着他的头发,望着他的皮鞋与起棱的薄绒裤,所感生兴味正不下于绳缚着那两人的事情,但仍然走近那被绳捆的人面前去了。

到了近身才使他更吓,原来所缚定的是一对青年男女。男女全是乡下人，皆很年轻，女的在众人无怜悯的目光下不作一声，静静地流泪。不知是谁还在女人头上极可笑地插了一把野花，这花几乎是用藤缚到头上的神气，女人头略动时那花冠即在空中摇摆，如在另一时看来，当有非常优美的好印象。

望着这情形，不必说话事情也分明了，假若他们犯了罪，他们的罪一定也是属于年轻人才有的罪过。

某甲是聪明人，见璜是"城里客人"，即来为璜解释这件事。事情是这样：有人过南山，在南山坳里，大草集旁发现了这一对。这年轻人不避人大白天做着使谁看来也生气的事情，所以发现这事的人，就聚了附近的汉子们把人捉来了。

捉来了，怎么处置？捉的人可不负责了。

既然已经捉来，大概回头总得把乡长麻烦麻烦，在红布案桌前，戴了墨镜坐堂审案，这事人人都这样猜想。为什么非一定捉来不可，被捉的与捉人的两方面皆似乎不甚清楚。然而属于流汗喘气事自己无分，却把人捉到这里来示众的汉子们，这时对女人是俨然有一种满足，超乎流汗喘气以上的。妇女们走到这一对身边来时，便各用手指刮脸，表示这是可羞的事。这些人，不消说是不觉得天气好就适宜于同男子作某种事情应当了。老年人看了则只摇头，大概他们都把自己年轻时代性情中那点孩气处与憨气处忘掉，有了儿女，风俗有提倡的必要了。

微微的晚风刮到璜的脸上，听着山上有人吹笛，抬头望天，天上有桃红的霞。他心中就正想到风光若是诗，必定不能缺少一个女人。

他想试问问被绳子缚定垂了头如有所思那男子，是什么地方来的人，总不是造孽。

男子原先低头，已见到璜的黑色皮鞋了。皮鞋不是他所常见的东西，故虽不忘却眼前处境，也仍然肆意欣赏了那黑色方嘴的皮鞋一番，且出奇那小管的裤子了。这时听人问他，问话的不像审判官，语气十分温和，就抬头来望璜。人虽不认识，但这人已经看出璜是同情自己的人了，把头略摇，表示这事所受的冤抑。且仿佛很可怜地微笑着。

"你不是这地方人么？"这样问，另外就有人代为答应，说"一定不是"。这说话的人自然是不至于错误的。因为他认识的人比本地所住的人还多。尤其是女人，打扮的样子并不与本村年轻女人相同。他又是知道全村女子姓名相貌的。但在璜没有来到以前，已经过许多人询问，皆没有得到回答。究竟是什么地方人，那好事的人也说不出。

璜又看看女人。女人年纪很轻，不到二十岁。穿一身极干净的月蓝麻布衣裳。浆洗得极硬，脸上微红，身体顾长，风姿不恶。身体风度都不像个普通乡下女人。这时虽然在流泪，似乎全是为了惶恐，不是为了羞耻。

璜疑心或者这是两个年轻人背了家人的私奔事也不一定，就觉得这两个年轻人很可怜。他想如何可以设法让两人离开这一群疯子才行。然而做居停主人的朋友进了城，此间团总当事人又不知是谁。并且在一群民众前面，或者真会作出比这时情形更愚蠢的事也不可知。这时这些人就并不觉得管闲事的不合理。正这样想，就已经听到有人提议了。

有个满脸疙瘩再加上一条大酒糟鼻子的汉子，像才喝了烧酒，把酒葫芦放下来到这里看热闹的样子，从人丛中挤进来，用大而有毛的手摸了女人的脸一下，在那里自言自语，主张把男女衣服剥下，拿荆条打，打够了再送到乡长处去。他还以为这样处置是顶聪明合理的处置。这人不惜大声地嚷着，拥护这稀奇主张，若非另一个人扯了这汉子的裤头，指点他有"城里人"在此，说不定把话一说完，不必别人同意就会做他所想做的事。

另外有较之男子汉另有切齿意义，仿佛因为女人竟这样随便同男子在山上好风光下睡觉，极其不甘心的妇女，虽不同意脱去衣裤，却赞成"挞"，都说应结结实实地挞一顿，让他们明白胡来乱为的教训。

小孩子听到这话莫名其妙的欢喜，即刻便竟往各处寻找荆条去了。他们是另一时常常为家中父亲用打牛的条子，把背抽得次数太多，所以对于打贼打野狗野猫一类事，分外感到有趣味。

璜看看这情形太不行了，正无办法。恰在此时跑来一个行伍中出身军人模样的人物。这人一来群众就起了骚动，大家争告给这人事件的经过，且各把意见提出。大众喊这人作"练长"，璜知道这必定是本村有实力的人物了，且不作声，看他如何处置。

行伍中人摹仿在戎中所常见的营官阅兵神气，双眉皱着，不言不语，忧郁而庄严地望着众人，随后又看看周围，璜于是也被他看到了。似乎因为有"城里人"在，这汉子更非把身份拿出不可了。这时小孩子与妇人皆围近到他身边成一圈，以为一个出奇的方法，一定可从这位重要人物口中说出。这汉子，却出乎众人意料以外地喝一声："站开！"

因这一喝，各人皆踉踉跄跄退远了。众人都想笑又不敢笑。

这汉子，就用手中从路旁扯得的一根狗尾草，拂那被委屈的男子的脸，用税关中人盘诘行人的口吻问道：

"从哪里来的？"

被问的男子，略略沉默了一会，又望望那练长的脸，望到这汉子耳朵边有一粒朱砂痣。他说：

"我是窑上的人。"

好像有了这一句口供已就够了的练长，又用同样的语气问女人：

"你姓什么？"

那女子不答，抬头望望审问她的人的脸，又望望璜。害羞似的把头下垂，看自己的脚，脚上的鞋绣得有双凤，是只有乡中富人才会穿的好鞋。这时有在夸奖女人的脚的，一个无赖男子的口吻。那练长，用同样微带轻薄的口吻问：

"你从哪里来的，不说我要派人送你到县里去！"

乡下人照例怕见官，因为官这东西在乡下人看来总是可怕的一种东西。有时非见官不可，要官断案，也就正有靠这凶恶威风把仇人压下的意思。所以单是怕走错路，说进城，许多人也就毛骨悚然了。

然而女人被绑到树下，与男子捆在一处，好像没有办法，也不怕官了，她仍然不说话。

于是有人多嘴了，说"挞"。还是老办法，因为这些乡下人平时爱说谎，在任何时见官皆非大板子皮鞭竹条不能把真话说出，所以他们之中也就只记得挞是顶方便的办法，乘混乱中就说出了。

又有人说找磨石来，预备沉潭。这自然是一种恐吓。

又有人说喂尿给男子吃，喂女子吃牛粪。这自然是笑谑。

……

完全是这类近于孩子气的话。

大家各自提出种种薹待的办法，听着这些话的男女皆不做声。不做声则仿佛什么也不怕。这使练长激动了，声音放严厉了许多，仍然用那先前别人所说过的恐吓话复述给两人听，又像在说："这完全是众人意见，既然有了违反众人的事，众人的裁判是正当的，城里做官的也不能反对。"

女人摇着头，轻轻地轻轻地说：

"我是从窑二来的人，过黄坡看亲戚。"

听到女人这样说话的那男子，也怯怯地说话了，说：

"同路到黄坡。"

那裁判官就问：

"同逃？"

女的对于"逃"字觉得用得大非事实，就轻轻地说：

"不是。是同路。"

在"同路"不"同逃"的解释上，众人皆知道这是因为路上相遇始相好的意义，大家哄笑。

捉奸的乡下人一个，这时才从团上赶来，正各处找不到练长，回来见到练长了，欢喜得如见大王报功。他用他那略略显得狡猾的眼睛，望练长姦着，笑眯眯地说怎样怎样见到这一对无耻的年轻人在太阳下所做的事。事情并不真正稀奇，稀奇处自然是"青天白日"。因为青天白日在本村的人除了做工就应当打盹，别的似乎都不甚合理，何况所做的事更不是在外面做的事。

听完这话，练长自然觉得这是应当供众人用石头打死的事了，他有了把握。在处置这一对男女以前，他还想要多知道一点这人的身家，因为凡是属于男女的事，在方便中皆可以照习惯法律，罚这人一百串钱，或把家中一只牛牵到局里充公，他从中也多少可叨一点光。有了这种思想的他，就仍然在那里讯取口供，不惮厌烦，而且神气也温和多了。

在无可奈何中男子一切皆不能隐瞒了。

这人居然到后把男子的家中的情形完全知道了，财产也知道了，地位也知道了，家中人也知道了，便很得意地笑着。谁知那被捆捉的男子，到后还说了下面的话。他说他就是女子的亲夫。虽是亲夫妇，因为新婚不久，同返黄坡女家去看岳丈，走过这里，看看天气太好，两人皆太觉得这时节需要一种东西了，于是坐到那新稻草集旁看风景，看山上的花。那时风吹来都有香气，雀儿叫得人心腻，于是记起一些年轻人可做的事，于是到后就被捉了。

到男子说完这话，众人也仿佛从这男女情形中看得出不是临时匹配的两个了。然而同时从这事上失了一种浪漫趣味的众人，就更觉得这是非处罚不行了。对于罚款无分的，他们就仍然主张挞了再讲。练长显然也因为男子说出是真夫妇，成为更彻底了的。

正因为是真实的夫妇，在青天白日下也不避人地这样做了一些事情，反而更引起一种只有单身男子才有的愤恨骚动，他们一面向望一个女人无法得到，一面却眼看到这人的事情，无论如何不答应，也是自然的事。

明白了从头至尾这事的璜，先是也出乎意外的一惊，这时同练长来说话了。他要练长把这两人放了。听过这话的练长，望着璜的脸，大约必在估计璜"是不是洋人的翻译"。看了一会，璜皮裤带边一个党部的特别证被这人见到了，这人不愿意表示自己是纯粹乡下人，就笑着，想伸手给璜握。手没有握成，他就在腿上搓自己那只手，起了小小反感，说：

"先生，不能放。"

"为什么？"

"我们要罚他，他欺侮了我们这一乡。"

"做错了事，赔赔礼，让人家赶路好了，没有什么可罚的！"

那糟鼻子在众人中说："那不行，这是我们的事。"虽无言语但见到了璜在为罪人说话的男女，听到糟鼻子的话，就哄然和着。然而当璜回过头去找寻这反对的敌人时，糟鼻子心有所内恶，赶忙把头缩下，蹲到人背后抽烟去了。

糟鼻子一失败，于是就有附和了璜，代罪人向练长说好话的人来了。这中间也有女人，就是非常害怕"城里人"那类平时极爱说闲话的中年妇人，可以谥之为长舌妇而无愧的。其中还有知道璜是谁的，就扯了练长黑香云纱的衣角，轻轻地告练长这是谁。听到了话的练长，点着头，心软了，知道敲诈的事不行，但为维持自己在众人面前的身份，虽知道面前站的是"老爷"，也仍然装着办公事人神气说：

"璜先生，您对。不过我们乡下的事我不能作主，还有团总。"

"我去见你团总，好不好？"

"那也好吧，我们就去。我是没有什么的，只莫让本乡人说话就好了。"

练长狡猾处，璜早就看透了，说是要见团总，把事情推到团总身上去，他就跟了这人走。于是众人闪开了，预备让路。

他们同时把男女一对也带去。一群人皆跟在后面看，一直把他们送到团总院子前，许多人还不曾散去。

天色渐渐地暗了。

从团总处交涉得到了好的结果，狡猾的练长在璜面前无所施其伎俩，两个年轻的夫妇缚手绳子在团总的院中解脱了。那练长，作成卖人情的样子，向那年轻妇人说：

"你谢谢这先生，全是他替你们说话。"

女人正在解除头上乡下人恶作剧而缠上的那一束花，听过这话后，就连花为璜作揖。这花束她并不弃去，还拿在手里。那男子见了，也照样作揖，但却并不向练长有所照应。练长早已借故走去，这事情就这样以喜剧的形式收场了。

璜伴送这两个年轻乡下人出去，默无言语，从一些还不散去守在院外的愚蠢好事乡下人前面过身，因为是有了璜的缘故，这些人才不敢跟随。他伴送他们到了上山路，站在那里不走了，才想到说话，问他们肚中饿了没有，两人中男子说到达黄坡时赶得及夜饭。他又告璜这里去黄坡只六里路，并不远，虽天夜了，靠星光也可以走得到他的岳家。说到星光时三人同时望天，天上有星子数粒，远山一抹紫，黄昏正开始占领地面的一切，夜景美极了。这样的天气，似乎就真适宜于年轻男女们当天作可笑的事。

璜说："你们去好了，他们不会同你为难了。"

那乡下男子说："先生住在这里，过几天我来看你。"

女人说："天保佑你这好先生。"

那一对年轻夫妇就走了。

独立在山脚小桥边的璜，因微风送来花香，他忽觉得这件事可留一种纪念，想到还拿在女人手中的那一束花了，于是遥遥地说：

"慢点走，慢点走，把你们那一把花丢到地下，给了我。"

那女人似乎笑着把花留在路旁石头上，还在那里等候了璜一会，见璜不上来，那男子就自己往回路走，把花送来了。

人的影子失落到小竹丛后了，得了一把半枯的不知名的花的璜，坐在石桥边，嗅着这曾经在年轻妇人头上留过的很稀奇的花束，不可理解的心也为一种暧昧欲望轻轻摇动着。

他记起这一天来的一切事，觉得世界真窄。倘若自己有这样一个太太，他这时也将有一些看不见的危险伏在身边了。因此开始觉得住在这里是厌烦的地方了。地方风景虽美，乡下人与城市中人一样无味，他预备明后天进城。

1929 年 7 月 14 日作

1933 年 11 月改

菜　园

　　玉家菜园出白菜，因为种籽特别，本地任何种菜人所种的都没有那种大卷心。这原因从姓上可以明白，姓玉原本是旗人，菜是当年从北京带来的菜。北京白菜素来著名。

　　辛亥革命以前，北京城候补的是玉太爷，单名讳琛，当年来这小城时带了家眷，也带了白菜种籽。大致当时种来也只是为自己吃。谁知太爷一死，不久革命已推翻了清室，清宗室平时在国内势力一时失尽，顿呈衰败景象；各处地方都有流落的旗人，贫穷窘迫，无以为生。玉家却在无意中得白菜救了一家人的灾难。玉家靠卖菜过日子，从此玉家菜园在本县成为人人皆知的地方了。

　　主人玉太太，年纪五十岁，年轻时节应当是美人，所以到老来还可以从余剩风姿想见一二。这太太有一个儿子是白脸长身的好少年，年纪二十一，在家中读过书，认字知礼，还有点世家风范。虽本地新兴绅士阶级，因切齿过去旗人的行为，极看不起旗人，如今又是卖菜佣儿子，很少同这家少主人来往；但这人家的儿子，总仍然有和平常菜贩儿子两样处。虽在当地得不到人亲近，却依然受人相当尊敬。

玉家菜园园地发展后，母子两双手已不大济事，因此另外雇得有人。主人设计每到秋深便令长工在园中挖个长窖，冬天来雪后白菜全入窖。从此一年四季城中人都有大白菜吃。菜园二十亩地，除了白菜还种了不少其他菜蔬，善于经营的主人，使本城人一年任何时节都可得到极好的蔬菜，特别是几种难得的蔬菜。也便因此收入数目不小，十年来渐渐成为了小康之家了。

仿佛因为种族不同，很少同人往来的玉家母子，由旁人看来，除知道这家人卖菜有钱以外，其余一概茫然。

夏天薄暮，这个有教养又能自食其力的、富于林下风度的中年妇人，穿件白色细麻布旧式大袖衣服，拿把宫扇，朴素不华地在菜园外小溪边站立纳凉。侍立在身边的是穿白绸短衣裤的年轻男子。两人常常沉默着半天不说话，听柳上晚蝉拖长了声音飞去，或者听溪水声音。溪水绕菜园折向东去，水清见底，常有小虾、小鱼，鱼小到除了看玩就无用处。那时节，鱼大致也在休息了。

动风时，晚风中混有素馨兰花香和茉莉花香。菜园中原有不少花木的。在微风中掠鬓，向天空柳枝空处数点初现的星，做母亲的想着古人的诗歌，可想不起谁曾写下形容晚天如落霞孤鹜一类好诗句。又总觉得有人写过这样恰如其境的好诗，便笑着问那个儿子，是不是能在这样情境中想出两句好诗。

"这景象，古今相同。对它得到一种彻悟，一种启示，应当写出几句好诗的。"

"这话好像古人说过了，记不起这个人。"

"我也这样想。是谢灵运，是王维，不能记得，我真上年纪了。"

"母亲，你试作七绝一首，我和。"

"那么，想想吧。"

做母亲的于是当真就想下去，低吟了半天，总像是没有文字能解释眼前这种境界。一面是文字生疏已久，一面是情境相协，所谓超于言语，正如佛法，只能心印默契，不可言传，所以笑了。她说：

"这不行，哪里还会做诗！"

稍过，又问：

"少琛，你呢？"

男子笑着说，这天气是连说话也觉得可惜的天气，做诗等于糟蹋好风光。听到这样话的母亲莞尔而笑，过了桥，影子消失在白围墙竹林子后不见了。

不过在这样晚凉天气下，母子两人走到菜园去，看工人作瓜架子，督促舀水，谈论到秋来的菜种、萝卜的市价，也是很平常的事。他们有时还到园中去看菜秧，亲自动手挖泥浇水。一切不造作处，较之斗方诗人在瓜棚下坐一点钟便拟赋五言八韵田家乐，虚伪真实，相去真不可以道里计。

　　冬天时，玉家白菜上了市，全城人都吃玉家白菜。在吃白菜时节，有想到这卖菜人家居情形的，赞美了白菜，同时也就赞美了这人家母子。一切人所知有限，但所知的一点点便仿佛使人极其倾心。这城中也如别的城市一样，城中所住"蠢人"比"聪明人"多十来倍，所以竟有那种人，说出非常简陋的话，说是每一株白菜，皆经主人的手抚手摸，所以才能够如此肥苗，这原因是有根有柢的。从这样呆气的话语中，也仍然可以看出城中人如何闪耀着一种对于这家人生活优美的企羡。

　　做母亲的还善于把白菜制成各样干菜，根、叶、心各用不同方法制作成各种不同味道。少年人则对于这一类知识，远不及其对于笔记小说知识丰富。但他一天所做的事，经营菜园的时间却比看书写字时间多。年轻人，心地洁白如鸽子毛，需要工作，需要游戏，所以菜园不是使他厌倦的地方。他不能同人锱铢必较地算账，不过单是这缺点，也就使这人变成更可爱的人了。

　　他不因为认识了字就不作工，也不因为有了钱就增加骄傲。对于本地人凡有过从的，不拘是小贩他也能用平等相待。他应当属于知识阶级，却并不觉得在作人意义上，自己有特别尊重读书人必要。他自己对人诚实，他所要求于人的也是诚实。他把诚实这一件事看做人生美德，这种品性同趣味却全出之于母亲的陶冶。

日子到了应当使这年轻人定婚的时候了，这男子尚无媳妇。本城的风气，已到了大部分男女自相悦爱才好结婚，然而来到玉家菜园的仍有不少老媒人。这些媒人完全因为一种职业的善心，成天各处走动，只愿意事情成就，自己从中得一点点钱财谢礼。因太想成全他人，说谎自然也就成为才艺之一种。眼见用了各样谎话都等于白费以后，这些媒人才死了心，不再上玉家菜园。

然而因为媒人的撺掇，以及另一因缘，认识过玉家青年人，愿意作玉家媳妇私心窃许的，本城女人却很多很多。

二十二岁的生日，作母亲的为儿子备了一桌特别酒席，到晚来两人对坐饮酒。窗外就是菜园，时正十二月，大雪刚过，园中一片白。已经摘下还未落窖的白菜，全成堆的在园中，白雪盖满，真像一座座大坟。还有尚未收取的菜。如小雪人，成队成排站立在雪中。母子二人喝了一些酒，谈论到今年大雪同蔬菜，萝卜、白菜都须大雪始能将味道转浓，把窗推开了。

窗开以后，园中一切都收入眼底。

天色将暮，园中静静的。雪已不落了，也没有风，上半日在菜畦觅食的黑老鸹，不知到什么地方去了。母亲说：

"今年这雪真好！"

"今年刚十二月初，这雪不知还有多少次落呢。"

"这样雪落下人不冷，到这里算是稀奇事。北京这样一点点雪，可就太平常了。"

"北京听说完全不同了。"

"这地方近十年也变得好厉害！"

这样说话的母亲，想起二十年来在本地方住下经过的人事变迁，她于是喝了一口酒。

"你今天满二十二岁，太爷过世十八年，民国反正十五年，不单是天下变得不同，就是我们家中，也变得真可怕。我今年五十，人也老了。总算把你教养成人，玉家不至于绝了香火。你爹若在世，就太好了。"

在儿子印象中只记得父亲是一个手持"京八寸"的人物。那时吸纸烟真有格，到如今，连做工的人也买"美丽牌"，不用火镰同烟竿了。这一段长长的日子中，母亲的辛苦从家中任何一件事都可知其一二。如今儿子已成人了，二十二岁，命好应有了孙子可抱。听说"母亲也老了"这类话的少琛，不知如何，忽想起一件心事来了。他蓄了许久的意思今天才有机会说出。他说他想去北京。

北京方面他有一个舅父，宣统未出宫以前，还在宫中做小管事，如今听说在旃章胡同开铺子，卖冰、卖西洋点心，生意不恶。

听说儿子要到北京去，作母亲的似乎稍稍吃了一惊。这惊讶是儿子料得到的，正因为不愿意使母亲惊讶，所以直到最近才说出来。然而她也挂念着那胞兄的。

"你去看看你三舅，还是做别的事？"

"我想读点书。"

"我们这人家还读什么书？世界天天变，我真怕。"

"那我们俩去！"

"这里放得下吗？"

"我去三个月又回来，也说不定。"

"要去，三年五年也去了。我不妨碍你。你希望走走就走走，只是书不读也不怎么要紧。做人不一定要多少书本知识。像我们这种人，知识多，也是灾难！"

这妇人这样慨乎其言地说后，就要儿子喝一杯，问他预备过年再去还是到北京过年。

儿子说赶考，是今年走好，且趁路上清静，也极难得。

母亲虽然同意远行，却认为不必那么忙，因此到后仍然决定正月十五以后再离开母亲身边。把话说过，回到今天雪上来了。母亲记起忘了的一桩事情，她要他送一坛酒给工人，因为今天不是平常的日子。

不久过年了。

过了年，随着不久就到了少琛动身日子了。信早已写给北京的舅父，于是坐了省河小轮，到长沙市坐车，转武汉，再换火车，到了北京。

时间过了三年。

在这三年中，玉家菜园还是玉家菜园。但渐渐的，城中便知道玉家少主人在北京大学读书，极其出名的事了。其中经过自然一言难尽，琐碎到不能记述。然而在本城，玉家白菜还是十分出色。在家中一方面稍稍不同了的，是作儿子的常常寄报纸回来，寄新书回来；作母亲的一面仍然管理菜园的事务，兼喂养一群白色母鸡，自己每天无事时，便抓玉米喂鸡，和鸡雏玩，一面读从北京所寄来的书报杂志。母亲虽然有了五十多岁，一切书报扇起二十岁的年青学生情感的种种，母亲有时也不免有了些幻梦。

地方一切新的变故甚多，随同革命，北伐，……于是许多壮年都在这个过程中，死到野外，无人收尸因而烂去了，也成长了一些英雄和志士先烈，也培养了许多新官旧官……于是地方的党部工会成立了……于是"马日事变"年轻人杀死了，工会解散党部换了人……于是从报章上发表的消息，知道北京改成了北平。

地方改了北平，北方已平定，仿佛真命天子出世，天下就快太平了。在北平的儿子，还是常常有信来，寄书报则稍稍少了一点。

在本城的母亲，每月寄六十块钱去，同时写信总在告给身体保重以外，顺便问问有没有那种合意的女子可以订婚。母亲是老一代人，年纪渐老，自然对于这些事也更见得关心。三年来的母亲，还是同样的不失林下风度。因儿子的缘故，多知了许多时事，然而一切外形，属于美德的，没有一种失去。且因一种方便，两个工人得到主人的帮助，都结亲了。母亲把这类事告给儿子时，儿子来信说这样作很对。

儿子也来过信，说母亲不妨到北平看看，把菜园交给工人，是一样的。虽说菜园的事也不一定放不下手，但不知如何，这老年人总不曾打量过北行的事。

当这母亲接到了儿子的一封信，说本学期终了可以回家来住一月时，欢喜极了。来信还只是四月，从四月起作母亲的就在家中为儿子准备一切。凡是这老年人想到可以使儿子愉快的事统统计划到了。一到了七月，就成天盼望远行人的归来。又派人往较远的××市去接他，又花了不少钱为他添办了一些东西，如迎新娘子那么期待儿子的归来。

儿子如期回来了。出于意外叫人惊喜的，是同时还真有一个新媳妇回来，这事情直到进了家门母亲才知道，一面还在心中作小小埋怨，一面把"新客"让到自己的住房中去，作母亲的似乎也年轻了十岁。

见到脸目略显憔悴的儿子，把新媳妇指点给两对工人夫妇，说"这是我们的朋友"时，母亲欢喜得话说不出。

儿子回家的消息不久就传遍了本城，美丽的媳妇不久也就为本城人全知道了。因为地方小，从北京方面回来的人不多，虽然绅士们的过从仍然缺少，但渐渐有绅士们的儿子到玉家菜园中的事了。还有本地教育局，在一次集会中，也把这家从北平回来的男子和媳妇请去开会了。还有那种对未来有所倾心的年轻人，从别的事情上知道了玉家儿子的姓名，因为一种倾慕，特邀集了三五同好来奉访了。

从母亲方面看来，儿子的外表还完全如未出门以前，儿子已慢慢是个把生活插到社会中去的人了。许多事都还仿佛天真烂漫，凡是一切往日的好处完全还保留在身上，所有新获得的知识，却融入了生活里，找不出所谓痕迹。媳妇则除了像是过分美丽不适宜于做媳妇，住到这小城市值得忧心以外，简直没有疵点可寻。

时间仍然是热天，在门外溪边小立，听水听蝉，或在瓜棚豆畦间谈话，看天上晚霞，五年前母子两人过的日子如今多了一人。这一家某种情形仍然仿佛和一地方人是两种世界。生活中多与本城人发生一点关系，不过是徒增注意及这一家情形的人谈论到时一点企羡而已。

因为媳妇特别爱菊花，今年回家，拟定看过菊花，方过北平，所以作母亲的特别令工人留出一块地种菊花，各处寻觅佳种，督工人整理菊秧，母子们自己也动动手。已近八月的一天，吃过了饭，母子们同在园中看菊苗，儿子穿一件短衣，把袖子卷到肘弯以上，用手代铲，两手全是泥。

母亲见一对年轻人，在菊圃边料理菊花，便作着一种无害于事极其合理的祖母的幻梦。

一面同母亲说北平栽培菊花的，如何使用他种蒿草干本接枝，开花如斗的事情，一面便同蹲在面前美丽到任何时见及皆不免出惊的夫人用目光作无言的爱抚。忽然县里有人来说，有点事情，请两个年轻人去谈一谈。来人连洗手的暇裕也没有留给主人，把一对年轻人就"请"去了。从此一去，便不再回家了。

做母亲的当时纵稍稍吃惊，也仍然没有想到此后事情。

第二天，作母亲的已病到在床，原来儿子同媳妇，已和三个因其他缘故而得着同样灾难的青年人，陈尸到教场的一隅了。

第三天，由一些粗手脚汉子为把那五个尸身一起抬到郊外荒地，抛在业已在早一天掘就、因夜雨积有泥水的大坑里，胡乱加上一点土，略不回顾地扛了绳杠到衙门去领赏，尽其慢慢腐烂去了。

做母亲的为这种意外不幸晕去数次，却并没有死去。儿子虽如此死了，办理善后，罚款，具结，取保，她还有许多事情得做。三天后大街上和城门边才贴出告示，才使她同本城人同时知道儿子原来是共产党。仿佛还亏得衙门中人因为想到要白菜吃，才把老的生命留下来，也没有把菜园产业全部充公。这样打量着而苦笑的老年人，不应当就死去，还得经营菜园才行。她于是仍然卖菜，活下来了。

秋天来时菊花开遍了一地。

主人对花无语，无可记述。

玉家菜园或者终有一天会改作玉家花园，因为园中菊花多而且好，有地方绅士和新贵强借作宴客的地方了。

骤然憔悴如七十岁的女主人，每天坐在园里空坪中喂鸡，一面回想起一些无用处的旧事。

玉家菜园从此简直成了玉家花园。内战不兴，天下太平。到秋天来地方有势力的绅士在园中宴客，吃的是园中所出生的素菜，喝着好酒，同赏菊花。因为赏菊，大家在兴头中必赋诗，有祝主人有功国家，多福多寿，比之于古人某某典雅切题的好诗，有把本园主人写作卖菜妪对于旧事加以感叹的好诗。地方绅士有一种习惯，多会做点诗，自以为好的必题壁，或花钱找石匠来镌石，预备嵌到墙中作纪念。名士伟人，相聚一堂，人人尽欢而散，扶醉归去。各人回到家中，一定还有机会作和"五柳先生"猜拳照杯的梦。

　　玉家菜园改称三家花园，是主人儿子死去三年后的事。这妇人沉默寂寞地活了三年。到儿子生日那一天，天落大雪，想这样活下去日子已够了，春天同秋天不用再来了，把一点家产全分派给几个工人，忽然用一根丝绦套在颈子上，便缢死了。

　　　　　　　　　　　　　　　　　1930 年作

　　　　　　　　　　　　　　　　1957 年校正字句

萧　萧

　　乡下人吹唢呐接媳妇，到了十二月是成天会有的事情。

　　唢呐后面一顶花轿，两个伕子平平稳稳地抬着。轿中人被铜锁锁在里面，虽穿了平时没上过身的体面红绿衣裳，也仍然得呵呵大哭。在这些小女人心中，做新娘子，从母亲身边离开，且准备作他人的母亲，从此必然将有许多新事情等待发生。像做梦一样，将同一个陌生男子汉在一个床上睡觉，做着承宗接祖的事情。这些事想起来，当然有些害怕，所以照例觉得要哭哭，于是就哭了。

　　也有做媳妇不哭的人，萧萧做媳妇就不哭。这小女子没有母亲，从小寄养到伯父种田的庄子上，终日提个小竹兜箩，在路旁田坎捡狗屎挑野菜。出嫁只是从这家转到那家。因此到那一天，这女人还只是笑。她又不害羞，又不怕。她是什么事也不知道，就做了人家的新媳妇了。

　　萧萧做媳妇时年纪十二岁，有一个小丈夫，年纪还不到三岁。丈夫比她年少九岁，断奶还不多久。按地方规矩，过了门，她喊他做弟弟。她每天应作的事是抱弟弟到村前柳树下去玩，到溪边去玩，饿了，喂东西吃，哭了，就哄他，摘南瓜花或狗尾草戴到小丈夫头上，或者亲嘴，一面说："弟弟，哪，啵再来，啵。"在那肮脏的小脸上亲了又亲，孩子于是便笑了。孩子一欢喜兴奋，行动粗野起来，会用短短的小手乱抓萧萧的头发。那是平时不大能收拾蓬蓬松松在头上的黄发。有时候，垂到脑后那条小辫儿被拉得太久，把红绒线结也弄松了，生了气，就挞那弟弟几下，弟弟自然哇的哭出声来。萧萧于是也装成要哭的样子，用手指着弟弟的哭脸，说："哪，人不讲理，可不行！哪能这样动手动脚，长大了不是要杀人放火！"

　　天晴落雨日子混下去，每日抱抱丈夫，也帮家中作点杂事，能动手的就动手。又时常到溪沟里去洗衣，搓尿片，一面还捡拾有花纹的田螺给坐在身边的小丈夫玩。到了夜里睡觉，便常常做这种年龄人所做的梦，梦到后门角落或别的什么地方捡得大把大把铜钱，吃好东西，爬树，自己变成鱼到水中各处游。或一时仿佛身子很小很轻，飞到天上众星中，没有一个人，只是一片白，一片金光，于是大喊"妈！"人就吓醒了。醒来心还只是跳。吵了隔壁的人，不免骂着："疯子，你想什么！白天玩得疯，晚上就做梦！"萧萧听着却不作声，只是咕咕的笑。也有很好很爽快的梦，为丈夫哭醒的事情。那丈夫本来晚上在自己母亲身边睡，有时吃多了，或因另外情形，半夜大哭，起来放水拉稀是常有的事。丈夫哭到婆婆无可奈何，于是萧萧轻脚轻手爬起床来，睡眼蒙胧走到床边，把人抱起，给他看月亮，看星光；或者互相觑着，孩子气的"嗨嗨，看猫呵"那样喊着哄着，于是丈夫笑了。玩一会儿，困倦起来，慢慢地合上眼。人睡定后，放上床，站在床边看着，听远处一传一递的鸡叫，知道天快到什么时候了，于是仍然缩到小床上睡去。天亮后，虽不做梦，却可以无意中闭眼开眼，看一阵在面前空中变幻无端的黄边紫心葵花，那是一种真正的享受。

萧萧嫁过了门，做了拳头大丈夫的小媳妇，一切并不比先前受苦，这只看她一年来身体发育就可明白。风里雨里过日子，像一株长在园角落不为人注意的蓖麻，大叶大枝，日增茂盛。这小女人简直是全不为丈夫设想那么似的，一天比一天长大起来了。

夏夜光景说来如做梦。大家饭后坐到院中心歇凉，挥摇蒲扇，看天上的星同屋角的萤，听南瓜棚上纺织娘子咯咯咯拖长声音纺车，远近声音繁密如落雨，禾花风俪俪到吹脸上，正是让人在各种方便中说笑话的时候。

萧萧好高，一个人常常爬到草料堆上去，抱了已经熟睡的丈夫在怀里，轻轻地轻轻地随意唱着自编的四句头山歌。唱来唱去却把自己也催眠起来，忭要睡去了。

在院坝中，公公婆婆，祖父祖母，另外还有帮工汉子两个，散乱地坐在小板凳上，摆龙门阵学古，轮流下去打发上半夜。

祖父身边有个烟包。在黑暗中放光。这用艾蒿作成的烟包，是驱逐长脚蚊得力东西，缩在祖父脚边，犹如一条乌梢蛇。间或又拿起来晃那么几下。

想起白天场上的事情，祖父开口说话：

"我听三金说，前天又有女学生过身。"

大家就哄然笑了。

这笑的意义何在？只因为大家印象中，都知道女学生没有辫子，留下个鹌鹑尾巴，像个尼姑，又不完全像。穿的衣服像洋人，又不是洋人。吃的，用的……总而言之，事事不同，一想起来就觉得怪可笑！

萧萧不大明白，她不笑。所以老祖父又说话了。他说：

"萧萧，你长大了，将来也会做女学生！"

大家于是更哄然大笑起来。

萧萧为人并不愚蠢，觉得这一定是不利于己的一件事情，所以接口便说：

"爷爷，我不做女学生。"

"你像个女学生，不做可不行。"

"我不做。"

众人有意取笑，异口同声说："萧萧，爷爷说得对，你非做女学生不行！"

萧萧急得无可如何，"做就做，我不怕。"其实做女学生有什么不好，萧萧全不知道。

女学生这东西，在本乡的确永远是奇闻。每年一到六月天，据说放"水假"日子一到，照例便有三三五五女学生，由一个荒谬不经的热闹地方来，到另一个远地方去，取道从本地过身。从乡下人眼中看来，这些人都近于另一世界中活下的人，装扮奇奇怪怪，行为更不可思议。这种女学生过身时，使一村人都可以说一整天的笑话。

祖父是当地一个人物，因为想起所知道的女学生在大城中的生活情形，所以说笑话要萧萧也去作女学生。一面听到这话，就感觉一种打哈哈趣味，一面还有那被说的萧萧感觉一种惶恐，说这话的不为无意义了。

女学生由祖父方面所知道的是这样一种人：她们穿衣服不管天气冷热，吃东西不问饥饱，晚上交到子时才睡觉，白天正经事全不作，只知唱歌打球，读洋书。她们都会花钱，一年用的钱可以买十六只水牛。她们在省里京里想往什么地方去时，不必走路，只要钻进一个大匣子中，那匣子就可以带她到地。城市中还有各种各样的大小不同匣子，都用机器开动。她们在学校，男女在一处上课读书，人熟了，就随意同那男子睡觉，也不要媒人，也不要财礼，名叫"自由"。她们也做做州县官，带家眷上任，男子仍然喊作"老爷"，小孩子叫"少爷"。她们自己不养牛，却吃牛奶羊奶，如小牛小羊；买那奶时是用铁罐子盛的。她们无事时到一个唱戏地方去，那地方完全像个大庙，从衣袋中取出一块洋钱来（那洋钱在乡下可买五只母鸡），买了一小方纸片儿，拿了那纸片到里面去，就可以坐下看洋人扮演影子戏。她们被冤了，不赌咒，不哭。她们年纪有老到二十四岁还不肯嫁人的，有老到三十四十居然还好意思嫁人的。她们不怕男子，男子不能使她们受委屈，一受委屈就上衙门打官司，要官罚男子的款，这笔钱她有时独占自己花用，有时和官平分。她们不洗衣煮饭，也不养猪喂鸡；有了小孩子，也只花五块钱或十块钱一月，雇个人专管小孩，自己仍然整天看戏打牌，或者读那些没有用处的闲书。

总而言之，说来事事都稀奇古怪，和庄稼人不同，有的简直还可说岂有此理。这时经祖父一为说明，听过这话的萧萧，心中却忽然有了一种模模糊糊的愿望，以为倘若她也是个女学生，她是不是照祖父说的女学生一个样子去做那些事情？不管好歹，女学生并不可怕，因此一来却已为这乡下姑娘初次体念到了。

因为听祖父说起女学生是怎样的人物，到后萧萧独自笑得特别久。笑够了时，她说：

"爷爷，明天有女学生过路，你喊我，我要看看。"

"你看，她们捉你去作丫头。"

"我不怕她们。"

"她们读洋书念经你也不怕？"

"念观音菩萨消灾经，念紧箍咒，我都不怕。"

"她们咬人，和做官的一样，专吃乡下人，吃人骨头渣渣也不吐，你不怕？"

萧萧肯定地回答说："也不怕。"

可是这时节萧萧手上所抱的丈夫，不知为什么，在睡梦中哭了，媳妇于是用作母亲的声势，半哄半吓地说：

"弟弟，弟弟，不许哭，不许哭，女学生咬人来了。"

丈夫还仍然哭着，得抱起各处走走。萧萧抱着丈夫离开了祖父，祖父同人说另外一样古话去了。

萧萧从此以后心中有个"女学生"。做梦也便常常梦到女学生，且梦到同这些人并排走路。仿佛也坐过那种自己会走路的匣子，她又觉得这匣子并不比自己跑路更快。在梦中那匣子的形体同谷仓差不多，里面还有小小灰色老鼠，眼珠子红红的，各处乱跑，有时钻到门缝里去，把个小尾巴露在外边。

因为有这样一段经过，祖父从此喊萧萧不喊"小丫头"，不喊"萧萧"，却唤作"女学生"。在不经意中萧萧答应得很好。

乡下的日子也如世界上一般日子，时时不同。世界上人把日子糟蹋，和萧萧一类人家把日子吝惜是同样的，各有所得，各属分定。许多城市中文明人，把一个夏天完全消磨到软绸衣服、精美饮料以及种种好事情上面。萧萧的一家，因为一个夏天的劳作，却得了十多斤细麻，二三十担瓜。

作小媳妇的萧萧，一个夏天中，一面照料丈夫，一面还织了细麻四斤。到秋八月工人摘瓜，在瓜间玩，看硕大如盆、上面满是灰粉的大南瓜，成排成堆摆到地上，很有趣味。时间到摘瓜，秋天真的已来了，院子中各处有从屋后林子里树上吹来的大红大黄木叶。萧萧在瓜旁站定，手拿木叶一束，为丈夫编小小笠帽玩。

工人中有个名叫花狗，年纪二十三岁，抱了萧萧的丈夫到枣树下去打枣子。小小竹竿打在枣树上，落枣满地。

"花狗大①，莫打了，太多了吃不完。"

虽听到这样喊，还不歇手。到后，仿佛完全因为丈夫要枣子，花狗才不听话。萧萧于是又警告她那小丈夫：

"弟弟，弟弟，来，不许捡了。吃多了生东西肚子痛！"

丈夫听话，兜了大堆枣子向萧萧身边走来，请萧萧吃枣子。

"姐姐吃，这是大的。"

"我不吃。"

"要吃一颗！"

她两手哪里有空！木叶帽正在制边，工夫要紧，还正要个人帮似！

"弟弟，把枣子喂我口里。"

丈夫照她的命令作事，作完了觉得有越，哈哈大笑。

她要他放下枣子帮忙捏紧帽边，便于添加新木叶。

丈夫照她吩咐作事，但老是顽皮地摇动，口中唱歌，这孩子原来像一只猫，欢喜时就得捣乱。

---

① 花狗大的"大"字，即大哥简称。

"弟弟，你唱的是什么？"

"我唱花狗大告我的山歌。"

"好好地唱一个给我听。"

丈夫于是帮忙拉着帽边，一面就唱下去，照所记到的歌唱：

天上起云云起花，

包谷林里种豆荚

豆荚缠坏包谷树，

娇妹缠坏后生家。

天上起云云重云，

地下埋坟坟重坟，

娇妹洗碗碗重碗，

娇妹床上人重人。

歌中意义丈夫全不玥白，唱完了就问萧萧好不好。萧萧说好，并且问跟谁学来的。她知道是花狗教他的，却故意盘问他。

"花狗大告我，他说还有好多歌，长大了再教我唱。"

听说花狗会唱歌，萧萧说：

"花狗大，花狗大，你唱一个好听的歌我听听。"

那花狗，面如其心，生长得不很正气，知道萧萧要听歌，人也快到听歌的年龄了，就给她唱"十岁娘子一岁夫"。那故事说的是妻年大，可以随便到外面作一点不规矩事情；夫年小，只知吃奶，让他吃奶。这歌丈夫完全不懂，懂到一点儿的是萧萧。把歌听过后，萧萧装成"我全明白"那种神气，她用生气的样子，对花狗说：

"花狗大，这个不行，这是骂人的歌！"

花狗分辩说："不是骂人的歌。"

"我明白，是骂人的歌。"

花狗难得说多话，歌已经唱过了，错了赔礼，只有不再唱。他看她已经有点懂事了，怕她回头告祖父，会挨顿臭骂，就把话支吾开，扯到"女学生"上头去。他问萧萧，看没看过女学生习体操唱洋歌的事情。

若不是花狗提起，萧萧几乎已忘却了这事情。这时又提到女学生，她问花狗近来有没有女学生过路，她想看看。

花狗一面把南瓜从棚架边抱到墙角去，告她女学生唱歌的事，这些事的来源还是萧萧的那个祖父。他在萧萧面前说了点大话，说他曾经到官路上见过四个女学生，她们都拿得有旗子，走长路流汗喘气之中仍然唱歌，同军人所唱的一模一样。不消说，这自然完全是胡诌的。可是那故事把萧萧可乐坏了。因为花狗说这个就叫做"自由"。

花狗是起眼动眉毛、一打两头翘、会说会笑的一个人。听萧萧带着歆羡口气说："花狗大，你膀子真大"，他就说："我不止膀子大。"

"你身个子也大。"

"我全身无处不大。"

萧萧还不大懂得这个话的意思，只觉得憨而好笑。

到萧萧抱了她的丈夫走去以后，同花狗在一起摘瓜，取名字叫哑巴的，开了平时不常开的口。

"花狗，你少坏点。人家是十三岁黄花女，还要等十年才圆房！"

花狗不做声，打了那伙计一巴掌，走到枣树下捡落地枣去了。

到摘瓜的秋天，日子计算起来，萧萧过丈夫家有一年半了。

几次降霜落雪，几次清明谷雨，一家中人都说萧萧是大人了。天保佑，喝冷水，吃粗粝饭，四季无疾病，倒发育得这样快。婆婆虽生来像一把剪子，把凡是给萧萧暴长的机会都剪去了，但乡下的日头同空气都帮助人长大，却不是折磨可以阻拦得住。

萧萧十五岁时已高如成人，心却还是一颗糊糊涂涂的心。

人大了一点，家中做的事也多了一点。织麻、纺车、洗衣、照料丈夫以外，打猪草推磨一些事情也要作，还有浆纱织布。凡事都学，学学就会了。乡下习惯凡是行有余力的都可从劳作中攒点本分私房，两三年来仅仅萧萧个人份上所聚集的粗细麻和纺就的棉纱，也够萧萧坐到土机上抛三个月的梭子了。

丈夫早断了奶。婆婆有了新儿子，这五岁儿子就像归萧萧独有了。不论做什么，走到什么地方去，丈夫总跟在身边。丈夫有些方面很怕她，当她如母亲，不敢多事。他们俩实在感情不坏。

地方稍稍进步，祖父的笑话转到"萧萧你也把辫子剪去好自由"那一类事上去了。听着这话的萧萧，某个夏天也看过了一次女学生，虽不把祖父笑话认真，可是每一次在祖父说过这笑话以后，她到水边去，必不自觉地用手捏着辫子末梢，设想没有辫子的人那种神气，那点趣味。

打猪草，带丈夫上螺蛳山的山阴是常有的事。

小孩子不知事，听别人唱歌也唱歌。一开腔唱歌，就把花狗引来了。

花狗对萧萧生了另外一种心，萧萧有点明白了，常常觉得惶恐不安。但花狗是男子，凡是男子的美德恶德都不缺少，劳动力强，手脚勤快，又会玩会说，所以一面使萧萧的丈夫非常欢喜同他玩，一面一有机会即缠在萧萧身边，且总是想方设法把萧萧那点惶恐减去。

山大人小，到处是树林蒙茸，平时不知道萧萧所在，花狗就站在高处唱歌逗萧萧身边的丈夫；丈夫小口一开，花狗穿山越岭就来到萧萧面前了。

见了花狗，小孩子只有欢喜，不知其他。他原要花狗为他编草虫玩，做竹箫哨子玩。花狗想方法支使他到一个远处去找材料，便坐到萧萧身边来，要萧萧听他唱那使人开心红脸的歌。她有时觉得害怕，不许丈夫走开；有时又像有了花狗在身边，打发丈夫走去反倒好一点。终于有一天，萧萧就这样给花狗把心窍子唱开，变成个妇人了。

那时节，丈夫走到山下采刺莓去了，花狗唱了许多歌，到后却向萧萧唱：

娇家门前一重坡，

别人走少郎走多，

铁打草鞋穿烂了，

不是为你为哪个？

末了却向萧萧说:"我为你睡不着觉。"他又说他赌咒不把这事情告给人。听了这些话仍然不懂什么的萧萧,眼睛只注意到他那一对粗粗的手膀子,耳朵只注意到他最后一句话。末了花狗大便又唱了许多歌给她听。她心里乱了。她要他当真对天赌咒,赌过了咒,一切好像有了保障,她就一切尽他了。到丈夫返身时,手被毛毛虫螫伤,肿了一大片,走到萧萧身边。萧萧捏紧这一只小手,且用口去呵它,吮它,想起刚才的糊涂,才仿佛明白自己作了一件不大好的糊涂事。

花狗诱她做坏事情是麦黄四月,到六月,李子熟了,她欢喜吃生李子。她觉得身体有点特别,在山上碰到花狗,就将这事告给他,问他怎么办。

讨论了多久,花狗全无主意。虽以前自己当天赌得有咒,也仍然无主意。原来这家伙个子大,胆量小。个子大容易做事,胆量小做了错事就想不出办法。

到后,萧萧捏着自己那条乌梢蛇似的大辫子,想起城里了,她说:

"花狗大,我们到城里去自由,帮帮人过日子,不好么?"

"那怎么行?到城里去做什么?"

"我肚子大了。"

"我们找药去。场上有郎中卖药。"

"你赶快找药来，我想……"

"你想逃到城里去自由，不成的。人生面不熟，讨饭也有规矩，不能随便！"

"你这没有良心的，你害了我，我想死！"

"我赌咒不辜负你。"

"负不负我有什么用，帮我个忙，赶快拿去肚子里这块肉吧。我害怕！"

花狗不再做声，过了一会儿，便走开了。不久丈夫从他处拿了大把山里红果子回来，见萧萧一个人坐在草地上眼睛红红的。丈夫心中纳罕。看了一会，问萧萧：

"姐姐，为甚么哭？"

"不为甚么，灰尘落到眼睛窝里，痛。"

"我吹吹吧。"

"不要吹。"

"你瞧我，得这些这些。"

他把手中拿的和从溪中捡来放在衣口袋里的小蚌、小石头全部陈列到萧萧面前，萧萧泪眼婆娑看了一会，勉强笑着说："弟弟，我们要好，我哭你莫告家中。告家中我可要生气！"到后这事情家中当真就无人知道。

过了半个月，花狗不辞而行，把自己所有的衣裤都拿去了。祖父问同住的长工哑巴，知不知道他为什么走路，走哪儿去？是上山落草，还是作薛仁贵投军？哑巴只是摇头，说花狗还欠了他两百钱，临走时话都不留一句，为人少良心。哑巴说他自己的话，并没有把花狗走的理由说明。因此这一家稀奇一整天，谈论一整天。不过这工人既不偷走物件，又不拐带别的，这事情过后不久，自然也就把他忘掉了。

萧萧仍然是往日的萧萧。她能够忘记花狗就好了。但是肚子真有些不同了，肚中东西总在动，使她常常一个人干着急，尽做怪梦。

她脾气坏了一点，这坏处只有丈夫知道，因为她对丈夫似乎严厉苛刻了好些。

仍然每天同丈夫在一处，她的心，想到的事自己也不十分明白。她常想，我现在死了，什么都好了。可是为什么要死？她还很高兴活下去，愿意活下去。

家中人不知谁在无意中提起关于丈夫弟弟的话，提起小孩子，提起花狗，都像使这话如拳头，在萧萧胸口上重重一击。

到九月，她担心人知道更多了，引丈夫庙里去玩，就私自许愿，吃了一大把香灰。吃香灰被她丈夫看见了，丈夫问这是做什么，萧萧就说肚子痛，应当吃这个。虽说求菩萨保佑，菩萨当然没有如她的希望，肚子中的东西依旧在慢慢地长大。

她又常常往溪里去喝冷水，给丈夫看见时，丈夫问她，她就说口渴。

一切她所想到的方法都没有能够使她同自己不欢喜的东西分开。大肚子只有丈夫一人知道，他却不敢让这件事给父母晓得。因为时间长久，年龄不同，丈夫有些时候对于萧萧的怕同爱，比对于父母还深切。

她还记得花狗赌咒那一天里的事情，如同记着其他事情一样。到秋天，屋前屋后毛毛虫都结茧，成了各种好看蝶蛾。丈夫像故意折磨她一样，常常提起几个月前被毛毛虫螫手的旧话，使萧萧心里难过。她因此极恨毛毛虫，见了那小虫就想用脚去踹。

有一天，又听人说有好些女学生过路，听过这话的萧萧，睁了眼做过一阵梦，愣愣地对日头出处痴了半天。

萧萧步花狗后尘，也想逃走，收拾一点东西预备跟了女学生走的那条路上城。但没有动身，就被家里人发觉了。这种打算照乡下人说来是一件大事，于是把她两手捆了起来，丢在灶屋边，饿了一天。

家中追究这逃走的根源，才明白这个十年后预备给小丈夫生儿子继香火的萧萧肚子已被另一个人抢先下了种。这在一家人生活中真是了不得的一件大事！一家人的平静生活，为这件新事全弄乱了。生气的生气，流泪的流泪，骂人的骂人，各按本分乱下去。悬梁，投水，吃毒药，被禁困着的萧萧，诸事漫无边际的全想到了，究竟是年纪太小，舍不得死，却不曾做。于是祖父从现实出发，想出个聪明主意，把萧萧关在房里，派人好好看守着，请萧萧本族的人来说道，照规矩看是"沉潭"还是"发卖"？萧萧家中人要面子，就沉潭淹死了她；舍不得就发卖。萧萧只有一个伯父，在近处庄子里为人种田，去请他时先还以为是吃酒，到了才知是这种丢脸事情，弄得这老实忠厚的家长手足无措。

大肚子作证，什么也没有可说。照习惯，沉潭多是读过"子曰"的族长爱面子才作出的蠢事。伯父不读"子曰"，不忍把萧萧当牺牲，萧萧当然应当嫁人作"二路亲"了。

这也是一种处罚，好像极其自然，照习惯受损失的是丈夫家里，然而却可以在发卖上收回一笔钱，作为损失赔偿。那伯父把这事情告给了萧萧，就要走路。萧萧拉着伯父衣角不放，只是幽幽地哭。伯父摇了一会头，一句话不说，仍然走了。

一时没有相当的人家来要萧萧，送到远处去也得有人，因此暂时就仍然在丈夫家中住下。这件事情既经说明白，照乡下规矩，倒又像不什么要紧，只等待处分，大家反而释然了。先是小丈夫不能再同萧萧在一处，到后又仍然如月前情形，姐弟一般有说有笑地过日子了。

丈夫知道了萧萧肚子中有儿子的事情，又知道因为这样萧萧才应当嫁到远处去。但是丈夫并不愿意萧萧去，萧萧自己也不愿意去。大家全莫名其妙，只是照规矩像逼到要这样做，不得不做。究竟是谁定的规矩，是周公还是周婆，也没有人说得清楚。

在等候主顾来看人，等到十二月，还没有人来，萧萧只好在这人家过年。

萧萧次年二月间，十月满足，坐草生了一个儿子，团头大眼，声响洪壮。大家把母子二人，照料得好好的，照规矩吃蒸鸡同江米酒补血，烧纸谢神。一家人都欢喜那儿子。

生下的既是儿子，萧萧不嫁别处了。

到萧萧正式同丈夫拜堂圆房时，儿子已经年纪十岁，有了半劳动力，能看牛割草，成为家中生产者的一员了。平时喊萧萧丈夫做大叔，大叔也答应，从不生气。

这儿子名叫牛儿。牛儿十二岁时也结了亲，媳妇年长六岁。媳妇年纪大，方能诸事作帮手，对家中有帮助。唢呐到门前时，新娘在轿中呜呜地哭着，忙坏了那个祖父、曾祖父。

这一天，萧萧刚坐月子不久，孩子才满三月，抱了自己新生的毛毛，在屋前榆腊树篱笆间看热闹，同十年前抱丈夫一个样子。小毛毛哭了，唱歌一般地哄着他：

"哪，毛毛，看，花轿来了。看，新娘子穿花衣，好体面！不许闹，不讲道理不成的！不讲理我要生气的！看看，女学生也来了！明天长大了，我们讨个女学生媳妇！"

1929 年作

1957 年 2 月校改字句

丈 夫

　　落了春雨，一共有七天，河水涨大了。

　　河中涨了水，平常时节泊在河滩的烟船、妓船，离岸极近，全系在吊脚楼下的支柱上。

　　在楼上四海春茶馆喝茶的闲汉子，俯身临河一面窗口，可以望到对河宝塔边"烟雨红桃"好景致，也可以知道船上妇人陪客烧烟的情形。因为那么近，上下都方便，有喊熟人的声音，从上面或从下面喊叫。到后是互相见面了，谈话了，取了亲昵样子，骂着野话粗话，于是楼上人会了茶钱，从湿而发臭的甬道走去，从那些肮脏地方走到船上了。

　　上了船，花钱半元到五块，随心所欲吸烟睡觉，同妇人毫无拘束地放肆取乐。这些在船上生活的大臀肥身的年轻乡下女人，就用一个妇人的好处，热忱而切实地服侍男子过夜。

船上人，把这件事也像其他地方一样，叫这做"生意"。她们都是做生意而来的。在名分上，那名称与别的工作同样，既不和道德相冲突，也并不违反健康。她们从乡下来，从那些种田挖园的人家，离了乡村，离了石磨同小牛，离了那年轻而强健的丈夫，跟随了一个同乡熟人，就来到这船上做生意了。做了生意，慢慢地变成为城市里人，慢慢地与乡村离远，慢慢地学会了一些只有城市里才需要的恶德，于是妇人就毁了。但那毁是慢慢的，因为很需要一些日子，所以谁也不去注意。而且也仍然不缺少在任何情形下还依旧好好地保留着那乡村纯朴气质的妇人。所以在本市大河妓船上，决不会缺少年轻女子的来路。

事情非常简单，一个不亟亟于生养孩子的妇人，到了城市，能够每月把从城市里两个晚上所得的钱，送给那留在乡下诚实耐劳、种田为生的丈夫，在那方面就过了好日子，名分不失，利益存在。所以许多年轻的丈夫，在娶媳妇以后，把她送出来，自己留在家中耕田种地，安分过日子，也竟是极其平常的事情。

这种丈夫，到什么时候，想到那在船上做生意的年轻的媳妇，或逢年过节，照规矩要见见媳妇的面了，媳妇不能回来，自己便换了一身浆洗干净的衣服，腰带上挂了那个工作时常不离口的短烟袋，背了整箩整篓的红薯、糍粑之类，赶到市上来，像访远亲一样，从码头第一号船问起，一直到认出自己女人所在的船上为止。问明白后，到了船上，小心小心地把一双布鞋放到舱外护板上，把带来的东西交给了女人，一面便用着吃惊的眼睛，搜索女人的全身。这时节，女人在丈夫眼下自然已完全不同了。

大而油光的发髻，用小镊子扯成的细细眉毛，脸上的白粉同绯红胭脂，以及那城市里人神气派头、城市里人的衣服，都一定使从乡下来的丈夫感到极大的惊讶，有点手足无措。那呆相是女人很容易清楚的。女人到后开了口，或者问："那次五块钱得了么？"或者问："我们那对猪养儿子了没有？"女人说话时口音自然也完全不同了，变成像城市里做太太的大方自由，完全不是在乡下做媳妇的羞涩畏缩神气了。

听女人问起钱，问起家乡豢养的猪，这作丈夫的看出自己做丈夫的身份，并不在这船上矢去，看出这城里奶奶还不完全忘记乡下，胆子大了一点，慢慢地摸出烟管同火镰。第二次惊讶，是烟管忽然被女人夺去，即刻在那粗而厚大的手掌里，塞了一枝"哈德门"香烟的缘故。吃惊也仍然是暂时的事，于是这做丈夫的，一面吸烟一面谈话。

到了晚上，吃过晚饭，仍然在吸那有新鲜趣味的香烟。来了客，一个船主或一个商人，穿生牛皮长统靴子，抱兜一角露出粗而发亮的银链，喝过一肚子烧酒，摇摇荡荡地上了船。一上船就大声地嚷要亲嘴要睡觉。那洪大而含糊的声音，那势派，都使这作丈夫的想起了村长同乡绅那些大人物的威风。于是这丈夫不必指点，也就知道往后舱钻去，躲到那后梢舱上去低低地喘气，一面把含在口上那枝卷烟摘下来，毫无目的地眺望河中暮景。夜把河上改变了，岸上河上已经全是灯火。这丈夫到这时节一定要想起家里的鸡同小猪，仿佛那些小小东西才是自己的朋友，仿佛那些才是亲人；如今和妻接近，与家庭却离得很远，淡淡的寂寞袭上了身，他愿意转去了。

当真转去没有？不。三十里路，路上有豺狗，有野猫，有查夜放哨的团丁，全是不好惹的东西，转去实在做不到。船上的大娘自然还得留他上"三元宫"看夜戏，到"四海春"去喝清茶。并且既然到了市上，大街上的灯同城市中人更不可不去看看。于是留下了，坐在后舱看河中景致，等候大娘的空暇。到后要上岸时，就由船边小阳桥攀缘篷架到船头；玩过后，仍然由那旧地方转到船上，小心小心使声音放轻，省得留在舱里躺到床上烧烟的客人发怒。

到要睡觉的时候，城里起了更，西梁山上的更鼓咚咚响了一会，悄悄地从板缝里看看客人还不走，丈夫没有什么话可说，就在梢舱上新棉絮里一个人睡了。半夜里，或者已睡着，或者还在胡思乱想，那媳妇抽空爬过了后舱，问是不是想吃一点糖。本来非常欢喜口含片糖的脾气，做媳妇的记得清楚明白，所以即或说已经睡觉，已经吃过，也仍然还是塞了一小片糖在口里，媳妇用着略略抱怨自己那种神气走去了。丈夫把糖含在口里，正像仅仅为了这一点理由，就得原谅媳妇的行为，尽她在前舱陪客，自己仍然很和平地睡觉了。

这样丈夫在黄庄多着！那里出强健女子同忠厚男子。地方实在太穷了，一点点收成照例要被上面的人拿去一大半，手足贴地的乡下人，任你如何勤省耐劳地干做，一年中四分之一时间，即或用红薯叶和糠灰拌和充饥，总还是不容易对付下去。地方虽在山中，离大河码头只三十里，由于习惯，女子出村讨生活，男人通明白这做生意的一切利益。他懂事，女人名分仍然归他，养得儿子归他，有了钱，也总有一部分归他。

那些船只排列在河下，一个陌生人，数来数去是永远无法数清的。明白这数目，而且明白那秩序，记忆得出每一个船和摇船人样子，是五区一个老"水保"。

水保是个独眼睛的人。这独眼据说在年轻时节因殴斗杀过一个水上恶人，因为杀人，同时也就被人把眼睛抠瞎了。但两只眼睛不能分明的，他一只眼睛却办到了。一个河里都由他管事。他的权力在这些小船上，比一个中国的皇帝、总统在地面上的权力还统一集中。

涨了河水，水保比平时似乎忙多了。由于责任，他得各处去看看，是不是有些船上做父母的上了岸，小孩子在哭奶了。是不是有些船上在吵架，需要排难解纷。是不是有些船因照料无人，有溜去的危险。在今天，这位大爷，并且要到各处去调查一些从岸上发生影响到了水面的事情。岸上这几天来出过三次小抢案，据公安局那方面人说，凡地上小缝小罅都找寻到了，还是毫无线索。地上小缝小罅都亏那些体面的在职从公人员找过，于是水保的责任便到了。他得了通知，就是那些说谎话的公安局办事处通知，要他到半夜会同水面武装警察上船去搜索"歹人"。

水保得到这消息时是上半天。一个整白天他要做许多事情。他要先尽一些从平日受人款待好酒好肉而来的义务了。于是沿了河岸，从第一号船起始，每个船上去谈谈话。他得先调查一下，问问这船上是不是留容得有不端正的外乡人。

做水保的人照例是水上一霸，凡是属于水面上的事情他无有不知。这人本来就是一个吃水上饭的人，是立于法律同官府对面，按照习惯被官吏来利用，处治这水上一切的。但人一上了年纪，世界成天变，变去变来这人有了钱，成过家，喝点酒，生儿育女，生活安舒，慢慢地转成一个和平正直的人了。在职务上帮助官府，在感情上却亲近了船家。在这些情形上面他成了一个道德的模范。他受人尊敬不下于官，却不让人害怕厌恶。他做了河船上许多妓女的干爹。由于这些社会习惯的联系，他的行为处事是靠在水上人一边的。

他这时节正从一个跳板上跃到一只新油漆过的"花船"头，那船位置在较清静的一家莲子铺吊脚楼下，他认得这只船归谁管业，一上船就喊"七丫头"。

没有声音。年轻的女人不见出来，年老的掌班也不见出来。老年人很懂事情，以为或者是大白天有年轻男子上船做呆事，就站在船头眺望，等了一会。

过一阵，他又喊了两声，又喊伯妈，喊五多；五多是船上的小毛头，年纪十二岁，人很瘦，声音尖锐，平时大人上了岸就守船，买东西煮饭，常常挨打，爱哭，过了一会儿又唱起小调来。但是喊过五多后，也仍然得不到结果。因为听到舱里又似乎实在有声音，像人出气，不像全上了岸，也不像全在做梦。水保就偻身窥觑舱口，向暗处询问"是谁在里面"。

里面还是不敢作答。

水保有点生气了，大声地问："你是哪一个？"

里面一个很生疏的男子声音，又虚又怯回答说："是我。"接着又说："都上岸去了。"

"都上岸了么？"

"上岸了。她们……"

好像单单是这样答应，还生恐开罪了来人，这时觉得有一点义务要尽了，这男子于是从暗处爬出来，在舱口，小心小心扳着篷架，非常拘束地望着来人。

先是望到那一对峨然巍然似乎是用柿油涂过的猪皮靴子，上去一点是一个赭色柔软麂皮抱兜，再上去是一双回环抱着的毛手，满是青筋黄毛，手上有颗其大无比的黄金戒指，再上去才是一块正四方形像是无数橘子皮拼合而成的脸膛。这男子，明白这是有身份的主顾了，就学着城市里人说话："大爷，您请里面坐坐，她们就回来。"

从那说话的声音，以及干浆衣服的风味上，这水保一望就明白这个人是才从乡下来的种田人。本来女人不在船就想走，但年轻人忽然使他发生了兴味，他留着了。

"你从什么地方来的？"他问道，为了不使人拘束，水保取的是做父亲的和平样子，望着这年轻人。"我认不得你。"

他想了一下，好像也并不认得客人，就回答："我是昨天来的。"

"乡下麦子抽穗了没有？"

"麦子吗？水碾子前我们那麦子，嘿，我们那猪，嘿，我们那……"

这个人，像是忽然明白了答非所问，记起了自己是同一个有身份的城里人说话，不应当说"我们"，不应当说"我们水碾子"同"猪"。把字眼儿用错，所以再也接不下去了。

因为不说话，他就怯怯地望着水保微笑，他要人了解他，原谅他——他是一个正派人，并不敢有意张三拿四。

水保懂得这个意思的。且在这对话中，明白这是船上人的亲戚了，他问年轻人："老七到什么地方去了？什么时候可以回来？"

这时节，这年轻人答语小心了。他仍然说："是昨天来的。"他又告水保，他"昨天晚上来的"；末了才说，老七同掌班同五多上岸烧香去了，要他守船。因为守船必须把守船身份说出，他还告给了水保，他是老七的"汉子"。

因为老七平常喊水保都喊"干爹"，这干爹第一次认识了女婿，不必挽留，再说了几句，不到一会儿，两人皆爬进舱中了。

舱中有个小小床铺，床上有锦绸同红色印花洋布铺盖，摺叠得整整齐齐。来客照规矩应当坐在床沿。光线从舱口来，所以在外面以为舱中极黑，到里面却一切分明。

年轻人为客找烟卷，找自来火，毛脚毛手打翻了身边那个贮栗子的小坛子，圆而发乌金光泽的板栗便在薄明的船舱里各处滚去，年轻人各处用手去捕捉，仍然放到小坛中去，也不知道应当请客人吃点东西。但客人却毫不客气，从舱板上把栗拾起咬破了吃，且说这风干的栗子真好。

"这个很好，你不喜欢么?"因为水保见到主人并不剥栗子吃。

"我欢喜。这是我屋后栗树上长的。去年生了好多，乖乖地从刺球里爆出来，我喜欢。"他笑了，近于提到自己儿子模样，很高兴说这个话。

"这样大栗子不容易得到。"

"我一个一个选出来的。"

"你选的?"

"是的，因为老七欢喜吃这个，我才留下来。"

"你们那里可有猴栗?"

"什么猴栗?"

水保就把故事所说的:"猴子在大山上住，被人辱骂时，抛下拳大栗子打人。人想得到这栗子，就故意去山下骂丑话，预备捡栗子。"——说给乡下人听。

因为栗子，正苦无话可说的年轻人，得到同情他的人了。他知道的乡下问题可多咧。于是他说到地名"栗坳"的新闻。又说到一种栗木作成的犁柄如何结实合用。这个人太需要说些家常了。昨天来一晚上都有客人吃酒烧烟，把自己关闭在小船后梢，同五多说话，五多却睡得成死猪。今天一早上，本来应当有机会同媳妇谈到乡下事情了，女人又说要上岸过七里桥烧香，派他一个人守船。坐船上等了半天，还不见人回，到后梢去看河上景致，一切新奇不同，只给自己发闷。先一时，正睡在舱里，就想这满江大水若到乡下去涨，鱼梁上不知道应当有多少鲤鱼上梁！把鱼捉来时，用柳条穿腮到太阳下去晒，正计算那数目，总算不清楚。忽然客人来到船上，似乎一切鱼都争着跳进水中去了。

来了客人，且在神气上看出来人是并不拒绝这些谈话的，所以这年轻人，凡是预备到同自己媳妇在枕边诉说的各样事情，这时得到了一个好机会，都拿来同水保谈着。

他告给水保许多乡下情形，说到小猪捣乱的脾气，叫小猪做"乖乖"。又说到新由石匠整治过的那副石磨，顺便告给了一个石匠的笑话。又提起一把失去了多久的小镰刀，一把水保梦想不到的小镰刀，他说：

"你瞧，奇怪不奇怪？我赌咒我各处都找到了。我们的床下、门枋上、仓角里，什么地方不找到？它简直躲了。躲猫猫一样，不见了。我为这件事骂老七。老七哭过。可还是不见。鬼打岩，蒙蒙眼，原来它躲在屋梁上饭箩里！半年躲在饭箩里！它吃饭！一身锈得像生疮。这东西多坏多狡猾！我说这个你明白我没有？怎么会到饭箩里半年？那是一只做样子的东西，挂到斗窗上。我记起那事了，是我削楔子，手上刮了皮，流了血，生了大气，赌气把刀那么一丢。到水上磨了半天，还不错，仍然能吃肉，你一不小心，就得流血。我还不曾同老七说起这个，她不会忘记那哭得伤心的一回事。找到了，哈哈，真找到了。"

"找到它就好了。"水保随便那么说着。

"是的，得到了它那是好的。因为我总疑心这东西是老七掉到溪里，不好意思说明。我知道她不骗我了。我明白了。我知道她受了冤屈，因为我说过：'找不出么？那我就要打人！'我并不曾动过手。可是生气时也真吓人。她哭了半夜！"

"你是用它割草么？"

"嗨，哪里，用处多咧。是小镰刀，那么精巧，你怎么说割草？那是削一点薯皮，刮刮箫，这刀很管用的。小得很，值三百钱，钢火妙极了。我们都应当有这样一把刀，放到身边，不明白么？"

水保说："明白明白。都当有一把，我懂你这个话。"

他以为水保当真懂的，因此再说下去，什么也说到了。甚至于希望明年来一个小宝宝，这样只合宜于同自己的媳妇睡到一个枕头上商量的话也说到了。年轻人毫无拘束地还加上许多粗话蠢话。说了半天，水保起身要走了，他记起问客人贵姓。

"大爷，您贵姓？留一个片子到这里，我好回话。"

"不用不用。你只告她有这么一个大个儿到过船上，穿这样大靴子，告她晚上不要接客，我要来。"

"不要接客，您要来？"

"就是这样说。我一定要来的。我还要请你喝酒。我们是朋友。"

"是朋友，是朋友。"

水保用他那大而厚的手掌，拍了一下年轻人的肩膀，从船头跃上岸，走到别一个船上去了。

水保走去后，年轻人就一面等候，一面猜想到这个大汉子是谁。他还是第一次和这样尊贵的人物谈话，他不会忘记这很好的印象的。人家今天不仅是和他谈话，还喊他做朋友，答应请他喝酒！他猜想这人一定是老七的熟客。他猜想老七一定得了这人许多钱。他忽然觉得愉快，感到要唱一个歌了，就轻轻地唱了一首山歌，用四溪人体裁，他唱的是"水涨了，鲤鱼上梁，大的有大草鞋那么大，小的有小草鞋那么小"。

但是等了一会，还不见老七回来，一个鬼也不回来，他又想起那大汉子的丰采言谈了。他记起那一双靴子，闪闪发光，以为不是极好的山柿油涂到上面，是不会如此体面好看的。他记起那黄而发沉的戒指，说不分明那将值多少钱，一点不明白那宝贝为什么如此可爱。他记起那伟人点头同发言，一个督抚的派头，一个省长的身份——这是老七的财神！他于是又唱了一首歌，用杨村人不庄重口吻，唱的是"山坳里团总烧炭，山脚里地保爬灰；爬灰红薯才肥，烧炭脸庞发黑"。

到午时，各处船上都已经有人在烧饭了。湿柴烧不燃，烟子各处窜，使人流泪打嚏。柴烟平铺到水面时如薄绸。听到河街馆子里大师傅用铲子敲打锅边的声音，听到邻船上白菜落锅的声音，老七还不见回来。可是船上烧湿柴的本领年轻人还没有学会，小钢灶总是冷冷的不发吼。做了半天还是无结果，只有把它放下了。

应当吃饭时候不得吃饭，人饿了，坐到小凳上敲打舱板，他仍然得想一点事情。一个不安分的估计在心上滋长了。正似乎为装满了钱钞便极其骄傲模样的抱兜，在他眼下再现时，把原有和平失去了。一个用酒糟同红血所捏成的橘皮红色四方脸，也是极其讨厌的神气，保留在印象上。并且，要记忆有什么用？他记忆得到那嘱咐，是当到一个丈夫面前说的！"今晚上不要接客，我要来。"该死的话，是那么不客气地从那吃红薯的大口里说出！为什么要说这个？有什么理由要说这个？

胡想使他心上增加了愤怒，饥饿重复揪着了这愤怒的心，便有一些原始人不缺少的情绪，在这个年轻简单的人情绪中滋长不已。

他不能再唱一首歌了。喉咙为嫉妒所扼，唱不出什么歌。他不能再有什么快乐。按照一个种田人的脾气，他想到明天就要回家。

有了脾气，再来烧火，自然更不行了，于是把所有的柴全丢到河里去了。

"雷打你这柴！要你到洋里海里去！"

但那柴是在两三丈以外，便被别个船上的人捞起了的。那船上人似乎一切都准备好了，正等待一点从河面漂流而来的湿柴，把柴捞上，即刻就见到用废缆一段引火，且即刻满船发烟，火就带着小小爆裂声音燃好了。眼看这一切，新的愤怒使年轻人感到羞辱，他想不必等待人回船就走路。

在街尾却遇到女人同小毛头五多两个人，正牵了手说着笑着走来。五多手上拿得有一把胡琴，崭新的样子，这是做梦也不曾遇到的一个好家伙。

"你走哪里去？"

"我——要回去。"

"教你看船船也不看，要回去，什么人得罪了你，这样小气？"

"我要回去，你让我回去。"

"回到船上去！"

看看媳妇，样子比说话还硬劲。并且看到那一张胡琴，明知道这是特别买来给他的，所以再不能坚持。摸了摸自己发烧的额角，幽幽地说："回去也好，回去也好。"就跟了媳妇的身后跑转船上。

掌班大娘也赶来了。原来提了一副猪肺，好像东西只是乘便偷来的，生恐被人追上带到衙门里去，所以跑得颧骨发了红，喘气不止。大娘一上船，女人在舱中就喊：

"大娘，你瞧，我家汉子想走！"

"谁说的，戏也不看就走！"

"我们到街口碰到他，他生气样子，一定是怪我们不早回来。"

"那是我的错；是菩萨的错；是屠户的错。我不该同屠户为一个钱吵闹半天，屠户不该肺里灌了这样多水。"

"是我的错。"陪男子在舱里的女人，这样说了一句话，坐下了。对面是男子汉。她于是有意在把衣服解换时，露出极风情的红绫胸褡。胸搭上绣了"鸳鸯戏荷"，是上月自己亲手新作的。

男子觑着不说话。有说不出的什么东西，在血里窜着涌着。

在后梢，听到大娘同五多谈着柴米。

"怎么，我们的柴都被谁偷去了？"

"米是谁淘好的？"

"一定是火烧不燃。……姐夫是乡下人，只会烧松香。"

"我们不是昨天才解散一捆柴么?"

"都完了。"

"去前面搬一捆。不要说了。"

"姐夫只知道淘米!"小五多一面说一面笑。

听到这些话的年轻汉子,一句话不说,静静地坐在舱里,望着那一把新买来的胡琴。

女人说:"弦早配好了,试拉拉看。"

先是不作声,到后把琴搁在膝上,查看琴筒上的松香。调弦时,生疏的音响从指间流出,拉琴人便快乐地微笑了。

不到一会满舱是烟,男子被女人喊出,依旧把琴拿到外面去,站在船头调弦。

到吃中饭时,五多说:

"姐夫你回头拉《孟姜女哭长城》,我唱。"

"我不会拉!"

"我听说你拉得很好,你骗我,谎我。"

"我不骗你。我只会拉《娘送女》流水板。"

大娘说:"我听老七说你拉得好,所以到庙里,一见这琴,我想起你,才说就为姐夫买回去吧。真是运气,烂贱就买来了。这到乡里一块钱还恐怕买不到,不是么?"

"是的，多少钱？"

"一吊六。他们都说值得！"

五多笑着搭嘴说："谁那么说值得？"

大娘很生气地说："毛丫头，谁说不值得？你知道什么？撕你的嘴！"

五多把舌伸伸，表示口不关风说错了话。

原来这琴是从个卖琴熟人手上拿来，一个钱不花。听到大娘的谎话，五多分辩，大娘就骂五多。老七却笑了。男子以为这是笑大娘不懂事，所以也在一旁干笑着。

男子先把饭一骨碌吃完，就动手拉琴，新琴声音又清又亮。五多高兴得得意忘形，放下碗筷唱将起来，被大娘结结实实打了一筷子头，才忙着吃饭，收碗，洗锅子。

到了晚上，前舱盖了篷，男子拉琴，五多唱歌，老七也唱歌。美孚灯罩子有红纸剪成的遮光帽，全舱灯光红红的如过年办喜事。年轻人在热闹中心上开了花。可是不多久，有兵士从河街过身，喝得烂醉，听到这声音了。

两个醉鬼踉踉跄跄到了船边，两手全是污泥，手扳船沿，像含胡桃那么混混胡胡地嚷叫：

"什么人唱，报上名来！唱得好，赏一个五百。不听到么？老子赏你五百！"

里面琴声戛然而止，沉静了。

醉鬼用脚不住踢船，篷篷篷发出钝而沉闷的声音。且想推篷，搜索不到篷盖接榫处。于是又叫嚷："不要赏么，婊子狗造的！装聋，装哑？什么人敢在这里作乐？我怕谁？皇帝我也不怕。大爷，我怕皇帝我不是人！我们军长师长，都是混账王八蛋，是皮蛋鸡蛋，寡了的臭蛋，我才不怕！"

另一个喉咙发沙的说道：

"骚婊子，出来拖老子上船！"

并且即刻听到用石头打船篷，大声地辱宗骂祖，一船人都吓慌了。大娘忙把灯扭小一点，走出去推篷，男子听到那汹汹声气，夹了胡琴就往后舱钻去。不一会，醉人已经进到前舱了，两个人一面说着野话，一面还要争夺同老七亲嘴，同大娘、五多亲嘴。且听到有个哑嗓子问："是什么人在此唱歌作乐？把拉琴的抓来，再为老子唱一个歌。"

大娘不敢作声，老七也无了主意，两个酒疯子就大声地骂人：

"臭货，喊龟子出来，跟老子拉琴，赏一千！英雄盖世的曹孟德也不会这样大方！我赏一千，一千个红薯。快来，不出来我烧掉你们这只船！听着没有，老东西！赶快，莫让老子们生了气，灯笼子认不得人！"

"大爷，这是我们自己家几个人玩玩，不是外人。……"

"不！不！不！老婊子，你不中吃。你老了，皱皮柑！快叫拉琴的来！杂种！我要拉琴，我要自己唱！"一面说一面便站起身来，想向后舱去搜寻。大娘弄慌了，把口张大合不拢去。老七急中生智，拖着那醉鬼的手，安置到自己的大奶上。醉鬼懂得这个意思，又坐下了。"好的，妙的，老子出得起钱。老子今天晚上要到这里睡觉！'孤王酒醉桃花宫，韩素梅生来好貌容……'"

这一个在老七左边躺下去后，另一个不说什么，也在右边躺了下去。

年轻人听到前舱仿佛安静了一会，在隔壁轻轻地喊大娘。正感到一种侮辱的大娘，悄悄爬过去，男子还不大分明是什么事情，问大娘："什么事情？"

"营上的副爷，醉了，像猫。等一会儿就得走。"

"要走才行。我忘记告你们了，今天有一个大方脸人来，好像大官，吩咐过我，他晚上要来，不许留客。"

"是脚上穿大皮靴子，说话像打锣么？"

"是的，是的。他手上还有一个大金戒指。"

"那是老七干爹。他今早上来过了么？"

"来过的。他说了半天话才走，吃过些干栗子。"

"他说些什么？"

"他说一定要来，一定莫留客，还说要请我喝酒。"

大娘想想，来做什么？难道是水保自己要来歇夜？难道是老对老，水保注意到……？想不通，一个老鸨虽说一切丑事做成习惯，什么也不至于红脸，但被人说到"不中吃"时，是多少感到一种羞辱的，她悄悄回到前舱，看前舱新事情不成样子，撇了撇瘪嘴，骂了一声"猪狗"，终归又转到后舱来了。

"怎么？"

"不怎么。"

"怎么，他们走了？"

"不怎么，他们睡了。"

"睡了——？"

大娘虽看不清楚这时男子有脸色，但她很懂得这语气，就说："姐夫，你难得上城来，我们可以上岸玩玩去，今夜三元宫夜戏，我请你坐高台子，戏是《秋胡三戏结发妻》。"

男子摇头不语。

兵士胡闹了一阵走去后，五多、大娘、老七都在前舱灯光下说笑，说那兵士的醉态。男子留在后舱不出来。大娘到门边喊过了两次，不答应，不明白这脾气从什么地方发生。大娘回头就来检查那四张票子的花纹，因为她已经认得出票子的真假了。票子倒是真的，她在灯光下指给老七看那些记号，那些花，且放近鼻子上嗅嗅，说这个一定是清真牛肉馆子里找出来的，因为有牛油味道。

五多第二次又走过去，"姐夫，姐夫，他们走了，我们来把那个唱完，我们还得……"

女人老七像是想到了什么心事，拉着了五多，不许她说话。

一切沉默了。男子在后舱先还是正用手指扣琴弦，作小小声音，这时手也离开那弦索了。

船上四个人都听到从河街上飘来的锣鼓、唢呐声音。河街上一个做生意人办喜事，客来贺喜，大唱堂戏，一定有一整夜的热闹。

过了一会，老七一个人轻脚轻手爬到后舱去，但即刻又回来了。显然是要讲和，交涉办不好。

大娘问："怎么了？"

老七摇摇头，叹了一口气："牛脾气，让他去。"

先以为水保恐怕不会来的，所以大家仍然睡了觉，大娘、老七、五多三个人在前舱，只把男子放到后面。

查船的在半夜时，由水保领来了。水面鸦雀无声，四个全副武装警察守在船头，水保同巡官晃着手电筒进到前舱。这时大娘已把灯捻明了，她经验多，懂得这不是大事情。老七披了衣坐在床上，喊"干爹"，喊"巡官老爷"，要五多倒茶。五多还睡意迷蒙，只想到梦里在乡下摘三月莓！

男子被大娘摇醒揪出来，看到水保，看到一个穿黑制服的大人物，吓得不能说话，不晓得有什么严重事情发生。那巡官于是装成很有威风的神气开了口："这是什么人？"

水保代为答应："老七的汉子，才从乡下来走亲戚。"

老七补说道："巡官，他昨天才来。"

巡官看了一会儿男子，又看了一会儿女人，仿佛看出水保的话不是谎话，就不再说话了。随意在前舱各处翻翻，待注意到那个贮风干栗子的小坛子时，水保便抓了大把栗子，塞进巡官那件体面制服的大口袋里去。巡官只是笑，也不说什么。

一伙人一会儿就走到另一船上去了。大娘刚要盖篷，一个警察回来传话：

"大娘，大娘，你告老七，巡官要回来过细考察她一下，你懂不懂？"

大娘说："就来么？"

"查完夜就来。"

"当真吗？"

"我什么时候同你这老婊子说过谎?"

大娘很欢喜的样子,使男子奇怪。因为他不明白为什么巡官还要回来考察老七。但这时节望到老七睡起的样子,上半晚的气已经没有了,他愿意讲和,愿意同她在床上说点家常私话,商量件事情,就傍床沿坐定不动。

大娘像是明白男子的心事,明白男子的欲望,也明白他不懂事,故只同老七打知会:"巡官就要来的!"

老七咬着嘴唇不作声,半天发痴。

男子一早起身就要走路,沉沉默默的一句话不说,端整了自己的草鞋,找到了自己的烟袋。一切归一了,就坐到那矮床边沿,像是有话说又说不出口。

老七问他:"你不是答应过干爹,到他家喝酒吗?"

"⋯⋯"摇摇头不作答。

"人家特意为你办了酒席!四盘四碗一火锅,大面子事情,难道好意思不领情?"

"⋯⋯"

"戏也不看看么?"

"⋯⋯"

"'满天红'的荤油包子，到半日才上笼，那是你欢喜的包子!"

"……"

一定要走了，老七很为难，走出船头呆了一会，回身从荷包里掏出昨晚上那士兵给的票子来，点了一下数目，一共四张，捏成一把塞到男子左手心里去。男子无话说。老七似乎懂得那意思了，"大娘，你拿那三张也把我。"大娘将钱取出。老七又将这钱点数一下，塞到男子右手心里去。

男子摇摇头，把票子撒到地下去，两只大而粗的手掌捂着脸孔，像小孩子那样莫名其妙地哭了起来。

五多同大娘看情形不对，一齐逃到后舱去了。五多心想这真是怪事，那么大的人也会哭，真好笑! 可是她并不笑，她站在船后梢看见挂在梢舱顶梁上的胡琴，很愿意唱一首歌，可是不知为什么也总唱不出声音来。

水保来船上请远客吃酒时，只有大娘同五多在船上，问及时，才明白两夫妇一早都回转乡下去了。

1930 年 4 月 13 日作于吴淞

1934 年 7 月 21 日改于北京

1957 年 3 月重校

渔

　　七月的夜。华山寨山半腰天王庙中已打了起更鼓，沿乌鸡河水边捕鱼的人，携箩背刀，各人持火把，满河布了罾罶。

　　各处听到说话声音，大人小孩全有。中间还有妇人锐声喊叫，如夜静闻山冈母狗叫更。热闹中见着沉静，大家还听到各人手上火把的爆裂，仿佛人人皆想从热闹中把时间缩短，一切皆齐备妥帖，只等候放药了。

　　大家皆在心中作一种估计，对时间加以催促，盼望那子时到来。到子时，在上游五里，放药的，放了通知炮，打着锣，把小船在滩口一翻，各人泅水上岸。所有小船上石辣蓼油枯合成的毒鱼药，沉到水中，与水融化，顺流而下，所有河中鱼虾，到了劫数，不到一会，也就将头昏眼花浮于水面，顺流而下入到人们手中了。

去子时还早。负责在上游沉船的，是弟兄两个。这弟兄是华山寨有名族人子弟之一脉。在那里，有两族极强，属于甘家为大族，属于吴家为小族。小族因为族较小为生存竞争，子弟皆强梁如虎如豹。大族则族中出好女人，多富翁，族中读书识字者比持刀弄棒者为多。像世界任何种族一样，两族中在极远一个时期中在极小事情上结下了冤仇，直到最近为止，机会一来即有争斗发生。

过去一时代，这仇视，传说竟到了这样子：两方约集了相等人数，在田坪中极天真地互相流血为乐。男子上前作战，女人则站到山上呐喊助威。交锋了，棍棒齐下，金鼓齐鸣，软弱者毙于重击下，胜利者用红血所染的巾缠于头上，矛尖穿着人头，唱歌回家。用人肝作下酒物，此尤属平常事情。最天真的还是各人把活捉俘虏拿回，如杀猪般把人杀死，洗刮干净，切成方块，用香料盐酱搀入，放大锅中把文武火煨好，抬到场上，一人打小锣，大喊"吃肉吃肉，百钱一块"。凡有呆气汉子，不知事故，想一尝人肉，走来试吃一块，则得钱一百。然而更妙的，却是在场的另一端，也正在如此喊叫，或竟加钱至两百文，在吃肉者大约也还有得钱以外在火候咸淡上加以批评的人。这事情到近日说来自然是故事了。

近日因为地方进步，一切野蛮习气已荡然无存，虽有时仍不免有一二人借械斗为由，聚众抢掠牛羊，然虚诈有余而勇敢不足，完全与过去习俗两样了。

甘姓住河左，吴姓住河右，近来如河中毒鱼一类事情，皆两族合作，族中当事人先将欢喜寻事的分子加以约束，不许生事，所以人各身边佩刀，刀的用处却只是撩取水中大鱼，不想到作其他用途了。那弟兄姓吴，为孪生，模样如一人，身边各佩有宝刀一口。这宝刀，本来是家传神物，当父亲落气时，在给这弟兄此刀时，同时嘱咐了话一句，说："这应当流那曾经流过你祖父血的甘姓第七派属于朝字辈仇人的血。"说了这话父亲即死去。然而到后这弟兄各处一访问，这朝字辈甘姓族人已无一存在，只闻有一女儿也早已在一次大水时为水冲去，这仇无从去报，刀也终于用来每年砍鱼或打猎时砍野猪这类事上去了。

时间一久，这事在这一对孪生弟兄心上自然也渐渐忘记了。

今夜间，他们把船撑到了应当沉船的地方，天还刚断黑不久。地方是荒滩，相传在这地方过去两百年以前，甘吴两姓族人曾在此河岸各聚了五百余彪壮汉子大战过一次，这一战的结果是两方同归于尽，无一男子生还。因为流血过多，所以这地两岸石块皆作褐色，仿佛为人血所渍而成。这事情也好像不尽属于传说，因为岸上还有司官所刊石碑存在。这地方因为有这样故事，所以没有人家住。但又因为来去小船所必经，在数十年前就有了一个庙，有了庙则撑夜船过此地的人不至于心虚了。庙在岸旁山顶，住了一个老和尚，因为山也荒凉，到庙中去烧香的人似乎也很少了。

这弟兄俩把船撑到了滩脚，看看天空，时间还早，所燃的定时香也还有五盘不曾燃尽。其中之一先出娘胎一个时刻的那哥哥说：

"时间太早，天上××星还不出。"

"那我们喝酒。"

船上本来带得有一大葫芦酒，一腿野羊肉，一包干豆子。那弟弟就预备取酒。这些东西同那两个大炮仗，全放在一个箩筐里，上面盖着那面铜锣。

哥哥说：

"莫忙，时间还早得很，我们去玩吧。"

"好。我们去玩，把船绳用石头压好。"

要去玩，上滩一里，才有人家住。下滩则也有一里，就有许多人在沿河两岸等候浮在水面中了毒的鱼下来。向下行是无意思的事，而且才把船从那地方撑来。然而向上行呢，把荒滩走完，还得翻一小岭，或者沿河行，绕一个大弯，才能到那平时也曾有酒同点心之类可卖的人家。

哥哥赞成上岸玩，到山上去，看庙，因为他知道这时纵向上走，到了那卖东西地方，这卖东西的人也许早到两三里的下游等候捕鱼去了。那弟弟不同意，因为那上面有水碾坊，碾坊中有熟人可以谈话。他一面还恐怕熟人不知道今天下游毒鱼事，他想顺便邀熟人来，在船上谈天，沉了船，再一同把小船抬起，坐到下游去赶热闹。他的刀在前数日已拂拭得锋利无比，应当把那河中顶大的鱼砍到才是这年轻人与刀的本分。不知如何两人已跳到河边干滩上了。

哥哥说：

"到庙中去看看那和尚，我还是三年前到过那地方。"

"我想到碾坊。"弟弟说，他同时望到天上的星月，不由得不高声长啸："好天气！"

天气的确太好，哥哥也为这风光所征服了，在石滩上如一匹小马，来去作小跑。

这时长空无云，天作深蓝，星月嵌天空如宝石，水边流萤来去如仙人引路的灯。荒滩上蟋蟀三两嘶嘶作声，清越沉郁，使人想象到这英雄独在大石块罅隙间徘徊阔步，为爱情所苦闷大声呼喊的情形，为之肃然起敬。

弟弟因为蟋蟀声音想起忘了携带笛子。

"哥哥，若是有笛，我们可以唱歌。"

那哥哥不作声，仍然跑着，忽然凝神静听，听出山上木鱼声音了。

"上山去，看那和尚去，这个时候还念经。"

弟弟没有答应，他在想月下的鬼怪。但照例，作弟弟的无事不追随阿兄，哥哥已向山上去，弟弟也跟到后面来了。

人走着。月亮的光照到滩上，大石的一面为月光所不及，如躲有鬼魔。水虫在月光下各处飞动，展翅发微声，从头上飞过时，俨然如虫背上皆骑有小仙女。鼻中常常嗅着无端而来的一种香气，远处滩水声音则正像母亲闭目唱安慰儿子睡眠的歌。大地是正在睡眠，人在此时也全如在梦中。

"哥哥，你小心蛇。"这弟弟说着，自己把腰间一把刀拉出鞘了。

"汉子怕蛇吗？"哥哥这样说着，仍然堂堂朝前走。

上了高岸，人已与船离远有三十丈了。望到在月光中的船，一船黑色毒鱼物料像一只水牛。船在粼粼波光中轻轻摇摆，如极懂事，若无系绳，似乎自动也会在水中游戏。又望到对河远处平冈，浴在月色中，一抹淡灰。下游远处水面则浮有一层白雾，如淡牛奶，雾中还闪着火光，一点两点。

他们在岸上不动，哥哥想起了旧事。

"这里死了我们族中三百汉子。他们也死了五百。"

说到这话，哥哥把刀也哗地拔出鞘了，顺手砍路旁的小树，唰唰作响，树枝砍断了不少，那弟弟也照这样作去。哥哥一面挥刀一面说道：

"爹爹过去时说的那话你记不记得？我们的刀是为仇人的血而锋利的。只要我有一天遇到这仇人，我想这把刀就会喝这人的血。不过我听人说，朝字辈烟火实在已绝了，我们的仇是报不成了。这刀真委屈了，如今是这样用处，只有砍水中的鱼，山上的猪。"

"哥哥，我们上去，就走。"

"好，就上去吧，我当先。"

这两弟兄就从一条很小很不整齐的毛路走向山顶去。

他们慢慢地从一些石头上蹯过，又从一些茅草中走过，越走与山庙越近，与河水越离远了。两弟兄到半山腰停顿了一会，回头望山下，山下一切皆如梦中景致。向山上走去时，有时听到木鱼声音较近，有时反觉渐远。到了山腰一停顿，略略把喘息一定，就清清楚楚听到木鱼声音以外还有念经声音了。稍停一会，这两弟兄就又往上走去。哥哥把刀向左右劈，如在一种危险地方，一面走一面又同弟弟说话。

他们到了山庙门前了。静悄悄的庙门前，山神土地小石屋中还有一盏点光如豆的灯火。月光洒了一地。一方石板宽坪还有石桌石椅可供人坐。和尚似乎毫无知觉，木鱼声朗朗起自庙里，那弟弟不愿意拍门。

"哥，不要吵闹了别人。"

这样说着，自己就坐到那石凳上去，而且把刀也放在石桌上了。他同时望到桌上一些草花，仿佛不久前采来，散乱地丢到那里。弟弟诧异了。因为他以为这绝对不是庙里和尚做的事。这年轻人好事多心，把花拈起给他哥哥看。

"哥哥，这里有人来！"

"那并不奇怪。砍柴的年轻人会爬到这里来烧香求神，想求神明保佑，得到女人的欢心。"

"我可不那样想。我想这是女人遗下的东西。"

"就是这样，这花也很平常。"

"但倘若这是甘姓族中顶美貌的女人？"

"这近于笑话。"

"既然可以猜想它是女人所遗，也就可以说它是美女子所遗了，我将拿回去。"

"只有小孩才做这种事。你年轻，要拿就拿去好了，但可不要为这苦恼。一个聪明人常常会使自己不愉快的。"

"莫非和尚藏……"

说这样话的弟弟，自己忽然忍住了，因为木鱼声转急，像念经到末一章了。那哥哥，在坪中大月光下舞刀，作刺劈种种优美姿势，他的心，只在刀风中来去，进退矫健不凡，这汉子可说是吴姓族最纯洁的男子。至于弟弟呢，他把那已经半憔悴了扔在石桌上的山桂野菊拾起，藏到麂皮抱兜中。这人有诗人气质，身体不及阿哥强，干事情多退想而少成就。他坚信，这花是一个女子留下的。照乌鸡河华山寨风俗，女人遗花被陌生男子拾起，这男子即可进一步与女人要好唱歌，把女人的心得到。这年轻汉子，还不明白女人究竟是怎样一回事，只觉得凡是女人声音、颜色、形体都是柔软的，一种好奇的欲望使他对女人有一种狂热。如今是又用这花为依据，将女人的偶像安置在心上了。

这孩子平时就爱吹笛唱歌，这时来到这山顶上，明月清风使自己情绪飘渺，先是不让哥哥拍打山门，恐惊扰了和尚的夜课，到这时，却情不自已，轻轻地把山歌唱起来。

他用华山寨语言韵脚，唱着这样意思：

你脸白心好的女人，

在梦中也莫忘记带一把花，

因为这世界，也有做梦的男子。

无端梦在一处时你可以把花给他。

唱了一段，风微微吹到脸上，脸如为小手所摩抚，就又唱道：

柔软的风摩我的脸，

我像是站在天堂的门边——这时，

我等候你来开门，

不拘哪一天我不嫌迟。

出于两人意料以外，这时山门旁的小角门，忽然咿呀一声打开了。和尚打着知会说：

"对不起，惊动了。"

那哥哥见和尚出来了，也说：

"对不起，半夜三更惊吵了师父。"

和尚连说"哪里哪里"走到那弟弟身边来。这和尚穿一身短僧服，大头阔肩，人虽老迈，却精神勃勃，正如小说上描画的有道高僧。见这两兄弟都有刀，就问：

"是第九族子弟么？"

那哥哥恭恭敬敬说：

"不错，属于宗字辈。"

"那是××先生的公子了。"

"很惭愧的，无用的弟兄辱没了第九族吴姓。"

"××先生是过去很久了。"

"是的。师父是同先父熟了。"

"是的。我们还……"

这和尚，想起了什么再不说话，他一面细细地端详月光下那弟兄的脸，一面沉默在一件记忆里。

那哥哥就说：

"四年前曾到过庙中一次，没有同师父谈话。"

和尚点头。和尚本来是想另一件事情，听到这汉子说，便随心地点着头，遮掩了自己的心事。他望到那刀了，就赞不绝口，说真是宝刀。那弟弟把刀给他看，他拿刀在手，略一挥动，却便嗖嗖风生，寒光四溢。弟弟天真地抚着掌：

"师父大高明，大高明。"

和尚听到此，把刀仍然放到石桌上，自己也在一个石凳上坐下了。和尚笑着说：

"两个年轻人各带这样一把好刀，今天为什么事来到这里？"

哥哥说：

"因为村中毒鱼，派我们坐船来倒药。"

"众生在劫，阿弥陀佛。"

"我们在滩下听到木鱼声音，才想起上山来看看。到了这里，又恐怕妨碍了师父晚课，所以就在门前玩。"

"我听到你们唱歌，先很奇怪，因为夜间这里是不会有人来的。这歌是谁唱的？太好了。你们谁是哥哥呢？我只听人说到过××先生得过一对双生。"

"师父看不出么？"

那哥哥说着且笑，具有风趣的长年和尚就指他：

"你是大哥，一定了。那唱歌的是这一位了。"

弟弟被指定了，就带羞地说：

"很可笑的事。为师父听到。"

"不要紧，师父耳朵听过很多了，还不止听，在年轻时也就做着这样事，过了一些日子。你说天堂的门，可惜这里只一个庙门，庙里除了菩萨就只老僧。但是既然来了，就请进吧。看看这庙，喝一杯蜜茶，天气还早得很。"

这弟兄无法推辞，就伴同和尚从小角门走进庙里。一进去是一个小小天井，有南瓜藤牵满的棚架，又有指甲草花，有鱼缸同高脚香炉。月光洒满院中，景致极美。他们就在院中略站，那弟弟是初来，且正唱完歌，情调与这地方同样有诗意，就说：

"真是好地方，想不到这样好！"

"哪里的事。地方小，不太肮脏就是了。我一个人在这里，无事栽一点花草，这南瓜，今年倒不错，你瞧，没有撑架子，恐怕全要倒了。"

和尚为指点南瓜看，到后几人就进了佛堂。师父的住处在佛堂左边，他们便到了禅房，很洒脱地坐到功夫粗糙的大木椅上，喝着和尚特制款客的蜜茶。

谈了一会。把乌鸡河作中心，凡是两族过去许多故事皆谈到了，有些这两个年轻人不知道，有些虽知道也没有这样清楚，谈得两个年轻人非常满意。并且，从和尚方面，又隐隐约约知道所谓朝字辈甘姓族人还有存在的事情。这弟兄把这事各默默记到心上，不多言语。他们到后又谈到乌鸡河沿岸的女人……

和尚所知道太多，正因知道太多，所以成为和尚了。

当这两个兄弟起身与和尚告辞时，还定下了后一回约。两个青年人一前一后地下了山，不到一会就到了近河的高岸了。

月色如银，一切都显得美丽和平。风景因夜静而转凄清，这时天上正降着薄露。那弟弟轻轻吹着口哨，在哥哥身后追随。他们下了高岸降到干滩上，故意从此一大石跃过彼一大石，不久就到了船边。

弟弟到船上取酒取肉，摸着已凝着湿露的铜锣，才想到不知定时香是否还在燃。过去一看，在还余着三转的一个记号上已熄灭了，那弟弟就同岸上的哥哥说：

"香熄了，还剩三盘，不知在什么时候熄去？"

"那末看星，姐妹星从北方现出，是三更子正，你看吧，还早！"

"远天好像有风。"

"不要紧，风从南方过去，云在东，无妨。"

"你瞧，星子全在姦眼！"

"是咧，不要紧。"

阿哥说着也走近船边了，用手扶着船头一枝篙，摇荡着，且说：

"在船上喝吧，好坐。"

那弟弟不同意，到底这人心上天真，他要把酒拿到河滩大石上去喝，因为那么较之在船中有趣。这事自然仍然是他胜利了。他们一面在石上喝酒，一面拔刀割麂肉吃。哥哥把酒葫芦倒举，嘴与葫芦嘴相接咕嘟咕嘟向肚中灌。

天气忽然变了。一葫芦酒两人还未喝完，先见东方小小的云，这时已渐扯渐阔，星子闪动的更多了。

"天气坏下来了，怎么办？"

"我们应当在此等候，我想半夜决不会落雨。"

"恐怕无星子，看不出时间。"

"那有鸡叫。听鸡叫三更，就倒药下水。"

"我怕有雨。"

"有雨也总要到天明时，这时也应当快转三更了。"

"……"

"怎么?"

"我想若是落了雨，不如坐船下去，告他们，省得涨了水，可惜这一船药。"

"你瞧，这哪里会落雨? 你瞧月亮，那么明朗。"

那哥哥，抬头对月出神，过了一会，忽然说:

"山上那和尚倒不错，他说他知道我们的仇人，同父亲也认识。"

"我们为什么忘了问他俗姓。"

"那他随便说说也得。"

"他还说唱歌，那和尚年轻可不知做了些什么坏事，直到了这样一把年纪，出了家，还讲究这些事情!"

把和尚作中心，谈到后来，那一葫芦酒完了，那一腿野羊肉也完了。到了只剩下一堆豆子时，远处什么地方听到鸡叫了。

鸡叫只一声，则还不可信，应当来回叫，互相传递才为子时。这鸡声，先是一处，到后各处远地方都有了回唱，那哥哥向天上北方星群中搜索那姐妹星，还不曾见到那星子，弟弟说:

"幸而好，今夜天气仍然是好的。鸡叫了，我们放炮倒药吧。"

"不行，还早得很，星子还不出来！"

"把船撑到河中去不好么？"

"星子还不出，到时星子会出的。"

那作弟弟的，虽然听到哥哥说这样话，但酒肉已经告罄，也没有必要呆坐在这石上了，就跳下石头向船边奔去。他看了一会荡荡流去的水，又抬起头来看天上的星。

这时风已全息了。山上的木鱼声亦已寂然无闻；虽远处的鸡与近身荒滩上的虫，声音皆无一时停止，但因此并不显出这世界是醒着。一切光景，说是"如梦如幻"，尚仿佛可得其一二，其他刻画皆近于词费了。

过一会两人脱了衣服，把一切东西放到滩上干处，赤身的慢慢把船摇到河中去。船应撑到滩口水急处，那弟弟就先下水，推着船尾前进，在长潭中游泳着，用脚拍水，身后的浪花照到月光下皆如银子。

不久，候在下游的人就听到炮声了。本来是火把已经熄了的，于是全重新点燃了，沿河数里皆火把照耀，人人低声呐喊，犹如赴敌。时间是正三更，姐妹星刚刚发现。过了一小时左右，吴家弟兄已在乌鸡河下游深可及膝的水中，挥刀斫取鱼类了。那哥哥，勇敢如昔年战士，在月光下挥刀砍水面为药所醉的水蛇，似乎也报了大仇。那弟弟则一心想到旁的事情，篓中一无成绩。

关于报仇，关于女人恋爱，都不是今夜的事，今夜是"渔"。当夜是真有许多幸运的人，到天明以前，就得到许多鱼回家，使家中人欢喜到吃惊。那吴家年轻一点的汉子，他只得一束憔悴的花。

下过药的乌鸡河，直到第二天，还有小孩子在浅滩上捡拾鱼虾。这事情每年有一次，像过节划龙船。

黔 小 景

　　三月间的贵州深山里，小小雨总是特别多，像快出嫁时乡下姑娘们的眼泪一样，用不着什么特殊机会，也常常可以见到。春雨落过后，大小路上烂泥如膏，远山近树全躲藏在烟里雾里，各处有崩坏的土坎，各处有挨饿太久全身黑黢黢的老鸦，无食物可吃，叫声有气无力。天气难以估计准确，常常容易发生错误。路坎上许多小茅屋里都有面色憔悴的妇人，无望无助地望茅屋檐外的景致发愁。

　　"官路"上，这时节正有千百人在泥里雨里奔走。这些人中有作兵士打扮送递文件的公门中人，有向远亲奔差事的人，有骑了马回籍的小官，有行法事完毕的男女巫师（别忘记，这种自信有道德的巫师，有时是穿了鲜明红色缎袍，一边走路一边吹他手中所持镶银的牛角，招领到一群我们看不见的天兵天将鬼神走路的）。这些人多单独地或结伴地走着。最多的是小商人，这些活动分子，似乎为了一种行路的义务，长年从不休息，在这"官路"上来往。他们从前辈父兄传下的习惯，用一百八十块钱的小资本，同一具强健结实的身体，如云南小马一样，性格是忍劳耐苦的，耳目是聪明适用的：凭了并不有十分把握的命运，只按照那个时节的需要，三五成群地扛负了棉纱、水银、白蜡、倍子、官布、棉纸，以及其他两地所必需交换的产品，长年用这条长长有名无实的"官路"折磨他们那两只脚，消磨他们的每一个日子每一个人的生命。

因为新年的过去，新货物在节候替移中，有了巨量吞吐出纳，各处春货都快要上市了。加之雪后春晴，行路方便，这些人客在家中先吃得饱饱的，睡得足足的，照历书选驿马星当头的好日子上路。"官路"上商人增加了许多，每一个小站上，也就热闹了许多。

但吹花送寒的风，却很容易把春雨带来。春雨一落后，路上难走了。在这官路上作长途跋涉的人，因此就得接受心中早有准备的一种灾难。落了雨，日子短了许多，许多心急的人，也不得不把每日应走的里数缩短，把到达目的地的日子延长了。

于是许多小站上的小客舍里，天黑以前都有了商人落脚。这些人一到了站上，便像军队从远处归了营，队伍总不大整齐，各人争找宿营地。因此客舍主人便忙碌起来了。他得好好为他们预备水，预备火，照料一切。若客人多了一点，估计家中坛子里余米不大敷用时，还得走一二里路，忙匆匆的到不当路的别一寨子里或一家熟人处去借些糙米来。客人好吃喝时，还得为他们备点酒杀只鸡。主人为客烧汤洗脚，淘米煮饭，忙了一阵，到后在灶边矮脚台凳上，辣子、豆腐、牛肉、干鱼摆了一桌子，各人喝着滚热的烧酒，嚼着粗粝的米饭。把饭吃过后，就有了许多为雨水泡得白白的脚，在火堆边烘着，那些善于说话的人，口中不停说着各样在行的言语，谈到各样粗糙撒野故事。火光把这些饶舌的或沉默的人影，各拉得长短不一，映照到墙上去。过一会，说话的沉默了。有人想到明早上路的事，打了哈欠，有人打了盹，低下头时几乎把身子栽到火中去。火光也渐渐熄灭了，什么人用铁火箸搅和着，便骤然向上卷起一阵通红的火焰。外面雨声或者更大了一点，或者已结束了，于是这些人，觉得应当到了睡觉时候了。

到临睡时，主人必在屋角柱子上，高高地悬着一盏桐油灯，站到一个凳子上去把灯芯拨亮了一点，这些人，到门外去方便了一下，因为看到外面极黑，便说着什么地方什么时节豹狼吃人的旧话，虽并不畏狼，总问及主人，这地方是不是也有狼把双脚搭在人背后咬人颈项的事情。一面说着，各在一个大床铺的草荐上，拣了自己所需要的一部分，拥了发硬微臭的棉絮，就这样倒下去睡了。

半夜后，或者忽然有人为什么声音吼醒了。这声音一定还继续短而洪大的吼着，山谷相应，谁个听来也明白这是老虎的声音。这老虎为什么发吼，占据到什么地方，生谁的气，这些人是不会去猜想的。商人中或者有贩卖虎皮狼皮的人，听到这个声音时，他就会估计到这东西的价值，每一张虎皮到了省会客商处，能值多少钱。或者所听到的只是远远的火炮同打锣声音。这种声音下的事情，人可都明白，这时节一定有什么人攻打什么村子，各处是烈火熊熊的火把，各处是锋利的刀矛，无数用锅烟涂黑的脸，在手中火炬下闪动。各处大声喊着。一定有砍杀的事，一定有妇人惊惊慌慌、哭哭啼啼抱了孩子和仅有一点家私，忙匆匆地向屋后竹园茨棚里逃走跑去的事。一定还有其他各样的事情发生，因为人类在这一片小小土地上，由于极小的仇怨，作愚蠢事情的机会，实在太多了。但这类事同商人又有什么关系？这些事是决不会牵连到他们头上来的。一切抢掠焚杀多是在夜间发生的，多由于这一山头小村和另一山头小村冤仇而来。听一会，锣声止了，他们也依然也睡着了。

……

有一天，有那么两个人，落脚到一个孤单的客栈里。一个挑了一担作账簿用的棉纸，一个挑了一担染色用的五倍子。他们因为在路上耽误了些时间，掉在大帮商人后面几里路，不能追赶上去。落雨的天气照例断黑又极早，年纪大点的那一个人，先一日腹中作泻，这时也不愿意再走路了，所以不到黄昏，两人就停顿下来了。

他们照平常规矩，到了站，放下了担子，等候烧好了水，就脱下草鞋，共同在灶边一个木盆里洗脚。主人是一个孤老男子，头发全是白的，走路腰弯弯的如一只白鹤。今天是他的生日，这老年人白天一个人还念到这生日，想不到晚上就来那么两个客人了。两个客一面洗脚，一面就问有什么吃的。

这老人站到一旁好笑，搓着两手说："除了干豇豆，什么也没有了。"

年轻那个商人说："你们开铺子，用豇豆待客吗？"

"平常有谁肯到我们这里住？到我这儿坐坐的，全是接一个火吃一袋烟的过路人。我这干豇豆本来留给自己吃的，你们是我这店里今年第一个人客。对不起你们，马马虎虎凑合吃一顿吧。我们这里买肉，远得很，这里隔寨子，还有二十四里路，要翻两个坳，费半天工夫。今天本来预备托人买点肉，落了雨，前面村子里就无人上市。"

"除了豇豆就没有别的吗？"客人意思是有没有鸡蛋。

老人说："还有点红薯。"

红薯在贵州乡下人当饭吃，在别的什么地方，城里人有时却当菜用。两个客人都听到人说过，有的地方，城里人吃红薯是"京派"，算阔气的，所以现在听到说红薯当菜就都记起"京派"的称呼，以为非常好笑，两人就很放肆地笑了一阵。

因为客人说饿了，这主人就爬到凳子上去，取那些挂在屋梁上的红薯，又从一个坛子里抓取干豇豆，坐到大门边，用力在一个小砧木板上，切着那些豇豆条。

这时门外边雨似乎已止住了，天上有些地方云开了眼。云开处都成为桃红颜色，远处山上的烟雾好像极力在凝聚。一切光景在黄昏里明媚如画，看那样子明天会放晴了。

坐在门边的主人，看到天气放了晴，好像十分快乐，拿了筛子到灶边去，像小孩子的神气自言自语地说着："晴了，晴了。我昨天做梦，也梦到今天会晴。"有许多乡下人，在落春雨时都只梦到天晴，所以这时节，一定也有许多人，在向另一个人说他的梦。

他望着客人把脚洗完后，赶忙走到房里去，取出了两双鞋子来给客人换换。那个年轻一点的客商，一面穿鞋一面就说："怎么你的鞋子这样同我的脚合适！好稀奇！"

年长商人说："老弟穿别人的新鞋非常合适，主有酒吃。"

年轻人就说："伯伯，那你到了省城一定得请我喝一杯！"

年长商人就笑了："不，我不请你喝酒。这兆头是中在你讨媳妇的，我应当喝你的喜酒。"

"我媳妇还在吃奶咧。"同时他看到了他伯伯穿那双鞋子，也似乎十分合适，就说："伯伯，你也有喜酒吃。"

两个人于是大声地笑着。

那老人在旁边听到这两个客人的调笑，也笑着。但这两双鞋子却属于他在冬天刚死去的一个儿子所有的。那里正似乎因为两个商人谈到家庭儿女的事情，年轻人看到老头子孤孤单单地在此住下，有点怀疑，生了好奇的心思。

"老板，你一个人在这里住吗?"

"我一个人。"说了又自言自语似的，"嗳，就是我一个人。"

"你儿子呢?"

老头子这时节，正因为想到死去的儿子，有些地方很同面前的年轻商人相像，所以本来要说"儿子死了"，但忽然又说："儿子上云南做生意去了。"

那年长一点的商人，因为自己儿子在读书，就问老板，在前面过身的小村子里，一个学塾，是"洋学堂"还是"老先生"?

这事老板并不明白，所以不作答，就走过水缸边去取水瓢，因为他看得锅中的米汤涨腾溢出，应当取点米汁作汤喝了。

两个商人靸了鞋子，到门边凳子上坐下，望着门外黄昏的景致。

望到天，望到山，望到对过路旁一些小小菜圃（疏疏落落油菜花开得黄澄澄的，好像散碎金子）。望到门前踏得稀烂的那条小路，估计到晴过三天还不会干。一切景象在这两个人心中引起的情绪，都没有同另外任何时节不同，而觉得稍稍惊讶。到后倒是望到路旁屋檐下堆积的红薯藤，整整齐齐地堆了许多，才诧异老板的精力，以为在这方面一个生意人比一个农人大大不如。他们于是说，一个跑山路的飘乡商人实在不如一个农人好。一个商人可是比一个农人生活高。因为一个商人到老来，生活较好时，总是坐在家里喝烧酒，穿了庞大的山狸皮袄子，走路时摇摇摆摆，气派如一个乡绅。但乡下人就完全不同了。两叔侄因为望到这些干藤，到此地一钱不值，只能当柴火烧，还估计这东西到城里能卖多少钱。可是这时节，黄昏景致更美丽悦目，晚晴正如人病后新愈，柔和而十分脆弱，仿佛在微笑着，又仿佛有种忧愁，沉默无言。

这时老板在屋里，本来想走出去，望到那两个客人用手指点对面菜畦，以为正指到这个土堆，就不出去了。那土堆下面，就埋得有他的儿子，是在这人死过一天后，老年人背了那个尸身，埋在自己所挖掘成就的土坑里，再为他加上二十撮箕生土做成个小坟，留下个标志的。

慢慢的夜就来了。

屋子里已黑暗得望不分明物件，在门外边的两个商人，回头望到灶边一团火光，老板却痴坐在灶边不动。年轻人就喊他点灯："老板，有灯吗，点个火吧。"这老人才站起来，从灶边取了一根一端已经烧着的松树枝子，在空中划着，借着这个微薄闪动的火光去找取屋角的油瓶。因为这人近来一到夜时就睡觉，不用灯火也有好几个月了。找着了贮桐油的小瓶，把油倒在灯盏里去后，他就把这个燃好的灯，放到灶头上预备炒菜。

吃过晚饭后，这老人就在锅里洗碗，两个商人坐在灶口前，用干松枝塞到灶肚里去，望到那些松枝着火时，訇然一轰的情形，觉得十分快乐。

到后，洗完了碗，只一会儿，老头子就说，应当去看看睡处，若客人不睡，他想先睡了。

把住处看好后，两个商人仍然坐在灶边小凳子上，称赞这个老年人的干净，想不到床铺比别处大店里还好得多。

老人说是要睡，已走到他自己那个用木头隔开的一间房里睡去了，不过一会儿，这人却又走出来，说是不想就睡，傍到两个商人一同在灶边坐下了。

几个人谈起话来。他们问他有六十几，他说应当再加十岁去猜。他们又问他住到这里有了多久，他说，并不多久，只二三十年。他们问他还有多少亲戚，在些什么地方，他就像为哄骗自己的样子，把一些多年来已经毫无消息的亲戚，一一数着，且告诉他们，这些人在什么地方，做些什么事情。他们问他那个上云南做生意的儿子什么时候回来看他一次，他打量了一下，就说："冬天过年来过一次，还送了我云南出产的大头菜。"

说了许多他自己都不甚明白的话。为什么有那么多话可说，他自己也觉得今天有点奇怪。平常他就从没有想到那些亲戚熟人，也从不想到同谁去谈这些事。但今天很显然的，是不必谈到的也谈到，而且近于自慰的谎话也说得很多了。到后，商人中那个年长的，提议应当睡了，这侄儿却以为时间还太早了一点，所以托故他还不消化，要再缓一点。因此年长商人睡后，年轻商人还坐到那条板凳上，又同老头子谈了许久闲话。

到末了，这年轻商人也睡去了，老头子一面答应着明天荒鸡一鸣就早早地喊叫客人，一面还是坐在灶边，望着灶口的闪烁火光，不即起身。

第二天天明以后，他们起来时，屋子还黑黑的，到灶边去找火媒燃灯，稀奇得很，怎么老板还坐在那凳上，什么话也不说。开了大门再看看，才知道原来这人半夜里死了。

这两个商人到后自然又上路了。他们已经跑到邻近小村子里，把这件事告给了别村子里人，且在住宿应给的数目不多的一笔钱以外另加了一点钱。全交给比邻村子的人。那么老的一个孤人，自然也很应当死掉了。如今恰恰在这一天死去，幸好有个人知道，不然死后到全身爬得是蛆时，恐怕还不会被人发现。乡下人那么打算着，这两个商人，自然就不会再有什么理由被人留难了。在路上，他们又还有路上的其他新事情，使他们很自然的也就忘掉那件事情了。

他们在路上，在雨后崩坍的土炕旁，新的翻起的土堆上，发现印有巨大的山猫的脚迹，知道白天这地方是人走的路，晚上却是别的东西走的路。望了一会儿，估计了一下那脚迹的大小，过身了。

在什么树林子里，还会出人意外发现一个稀奇的东西，悬到迎面的大树枝桠上，这用绳索兜好的人头，为长久雨水所淋，失去一个人头原来的式样，有时非常像一个女人的头。但任何人看看，因为同时想起这人就是先一时在此地抢劫商人的"强盗"，所以各存戒心，默默地又走开了。

路旁有时躺得有死人，商人模样或军人模样，为什么原因，在什么时候死到这里，照例无人过问，也无人敢去掩埋。依然是呆呆地看看，又默默地走开了。

在这条官路上，有时还可碰到二十三十的兵士，或者什么县里的警备队，穿了不很整齐的军服，各把长矛子同发锈的快枪扛到肩膀上，押解了一些脸满菜色受伤了的农民走着。同时还有些一眼看来尚未成年的小孩子，用稻草扎成小兜，担着四个或两个血淋的人头，用桑木扁担挑着。若商人懂得规矩，不必去看那人头，也就可以知道那些头颅就是小孩的父兄，或者是这些俘房的伙伴。有时这些奏凯而还的"武士"，还牵得有膘壮的耕牛，挑得有别的家里杂用东西。这些兵士从什么地方来，到什么地方去，奉谁的命令，杀了那么多人，从什么聪明人领教，学得把人家父兄的头割下后，却留下一个活的来服务？这都像早已成为一种习惯，真实情形谁也不明白，也不须过问的。

商人在路上所见的虽多，他们却只应当记下一件事，是到目的地时怎么样多赚点钱。因为这个理由，所以他们同税局的稽查验票人，在某一种利益相通的事情上，好像就有一种稀奇的"友谊"或"谅解"必须成立。如何达到目的，一个商人常常在路上也很费思索，引起的注意关心，远比在路上见闻还重要得多。因为若缺少必须的谅解，最易被人留难，把人和货扣下来，冻结在关卡上，进退两难。

1931 年 10 月作

月下小景

初八的月亮圆了一半，很早就悬到天空中。傍了××省边境由南而来的横断山脉长岭脚下，有一些为人类所疏忽、历史所遗忘的残余种族聚集的山寨。他们用另一种言语，用另一种习惯，用另一种梦，生活到这个世界一隅，已经有了许多年。当这松杉挺茂嘉树四合的山寨，以及寨前大地平原，整个为黄昏占领了以后，从山头那个青石碉堡向下望去，月光淡淡地洒满了各处，如一首富于光色和谐雅丽的诗歌。山寨中，树林角上，平田的一隅，各处有新收的稻草积，以及白木作成的谷仓。各处有火光，飘扬着快乐的火焰，且隐隐地听得着人语声，望得着火光附近有人影走动。官道上有马项铃清亮细碎的声音，有牛项下铜铎沉静庄严的声音。从田中回去的种田人，从乡场上回家的小商人，家中莫不有一个温和的脸儿等候在大门外，厨房中莫不预备得有热腾腾的饭菜，与用瓦罐炖热的家酿烧酒。

薄暮的空气极其温柔，微风摇荡大气中，有稻草香味，有烂熟了的山果香味，有甲虫类气味，有泥土气味。一切在成熟，在开始结束一个夏天阳光雨露所及长养生成的一切。一切光景具有一种节日的欢乐情调。

柔软的白白月光，给位置在山嘴上石头碉堡，画出一个明明朗朗的轮廓，碉堡影子横卧在斜坡间，如同一个巨人的影子。碉堡缺口处，迎月光的一面，倚着本乡寨主独生儿子傩佑；傩神所保佑的儿子，身体靠定石墙，眺望那半规新月，微笑着思索人生苦乐。

"……人实在值得活下去，因为一切那么有意思，人与人的战争，心与心的战争，到结果皆那么有意思。无怪本族人有英雄追赶日月的故事。因为日月若可以请求，或强迫，要它停顿在哪儿时，它便停顿，那就更有意思了。"

这故事是这样的：第一个××人，用了他武力同智慧得到人世一切幸福时，他还觉得不足，贪婪的心同天赋的力，使他勇往直前去追赶日头，找寻月亮，想征服主管这些东西的神，勒迫它们在有爱情和幸福的人方面，把日子去得慢一点，在失去了爱的心子为忧愁失望所啮蚀的人方面，把日子又去得快一点。结果这贪婪的人虽追上了日头，却被日头的热所烤炙，在西方大泽中就渴死了。至于日月呢，虽知道了这是人类的欲望，却只是万物中之一的欲望，故不理会。因为神是正直的，不阿其所私的，人在世界上并不是唯一的主人，日月不单为人类而有。日头为了给一切生物的热和力。月亮为了给一切虫类唱歌，用这种歌声与银白光色安息劳碌的大地。日月虽然仍若无其事地照耀着整个世界，看着人类的忧乐，看着美丽的变成丑恶，又看着五恶的称为美丽，但人类太进步了一些，比一切生物智慧较高，也比一切生物更不道德。既不能用严寒酷热来困苦人类，又不能不将日月照及人类，故同另一主宰人类心之创造的神，想出了一个办法，就是使此后快乐的人越觉得日子太短，使此后忧愁的人越觉得日子过长，人类既然凭感觉来生活，就在感觉上加给人类一种处罚。

这故事有作为月神与恶魔商量结果的传说，就因为恶魔是在夜间出世的。人皆相信这是月亮作成的事，与日头毫无关系。凡一切人讨论光阴去得太快，或太慢时，却常常那么诅咒："日子，滚你的去吧。"痛恨日头而不憎恶月亮。土人的解释，则为人类性格中，慢慢的已经神性渐少，恶性渐多。另外就是月光较温柔和平，给人以智慧的冷静的光，却不给人以坦白直率的热，因此普遍生物都欢喜月光，人类中却常常诅咒日头。约会恋人的，走夜路的，作夜工的，皆觉得月光比日光好。在人类中讨厌月光的只是盗贼，本地方土人中却无盗贼，也缺少这个名词。

这时节，这一个年纪还刚只满二十一岁的寨主独生子，由于本身的健康，以及从另一方面所获得的幸福，对头上的月光正满意地会心微笑，似乎月光也正对了他微笑。傍近他身边，有一堆白色东西。这是一个女孩子，把她那长发散乱的美丽头颅，靠在这年轻人的大腿上，把它当作枕头安静无声地睡着。女孩子一张小小的尖尖的白脸，似乎被月光漂过的大理石，又似乎月光本身。一头黑发，如同用冬天的黑夜作为材料，由盘踞在山洞中的女妖亲手纺成的细纱。眼睛，鼻子，耳朵，同那一张产生幸福的泉源的小口，以及颊边微妙圆形的小涡；如本地人所说的接吻之巢窝，无一处不见得是神所着意成就的工作。一微笑，一姣眼，一转侧，都有一种神性存乎其间。神同魔鬼合作创造了这样一个女人，也得用侍候神同对付魔鬼的两种方法来侍候她，才不委屈这个生物。

女人正安安静静地躺在他的身边，一堆白色衣裙遮盖到那个修长丰满柔软温香的身体，这身体在年轻人记忆中，只仿佛是用白玉、奶酥、果子同香花调和削筑成就的东西。两人白日里来此，女孩子在日光下唱歌，在黄昏里与落日一同休息，现在又快要同新月一样苏醒了。

一派清光洒在两人身上，温柔地抚摩着睡眠者全身。山坡下是一部草虫清音繁复的合奏。天上那半规新月，似乎在空中停顿着，长久还不移动。

幸福使这个孩子轻轻地叹息了。

他把头低下去，轻轻地吻了一下那用黑夜搓成的头发，接近那魔鬼手段所成就的东西。

远处有吹芦管的声音。有唱歌声音。身近旁有斑背萤，带了小小火把，沿了碉堡巡行，如同引导得有小仙人来参观这古堡的神气。

当地年轻人中唱歌圣手的傩佑，恐惊了女人，惊了萤火，轻轻地轻轻地唱：

龙应当藏在云里，

你应当藏在心里。

……

女孩子在梦里，把头略略转动了一下，在梦里回答着：

我灵魂如一面旗帜，

你好听歌声如温柔的风。

他以为女孩子已醒了，但听下去，女人把头偏向月光又睡去了。

于是又接着轻轻唱道：

人人说我歌声有毒，

一首歌也不过如一升酒使人沉醉一天，

你那敷了蜂蜜的言语，

一个字也可以在我心上甜香一年。

女孩子仍然闭了眼睛在梦中答着：

不要冬天的风，不要海上的风，

这旗帜受不住狂暴大风。

请轻轻地吹，轻轻地吹；

（吹春天的风，温柔的风，）

把花吹开，不要把花吹落。

小寨主明白了自己的歌声可作为女孩子灵魂安宁的摇篮，故又

接着轻轻地唱道：

有翅膀鸟虽然可以飞上天空，

没有翅膀的我却可以飞入你的心里。

我不必问什么地方是天堂，

我业已坐在天堂门边。

女孩又唱：

身体要用极强健的臂膀搂抱，

魂灵要用极温柔的歌声搂抱。

寨主的独生子傩佑，想了一想，在脑中搜索话语，如同宝石商
人在口袋中搜索宝石。口袋中充满了放光炫目的珠玉奇宝，却因为
数量太多了一点，反而选不出那自以为极好的一粒，因此似乎受了
一点儿窘。他觉得神只创造美和爱，却由人来创造赞誉这神工的言
语。向美说一句话，为爱下一个注解，要适当合宜，不走失感觉所
及的式样，不是一个平常人的能力所能企及。

"这女孩子值得用龙朱的爱情装饰她的身体，用龙朱的诗歌装饰
她的人格。"他想到这里时，觉得有点惭愧了，口吃了，不敢再唱下

去了。

歌声作了女孩子睡眠的摇篮，所以这女孩子才在半醒后重复入梦。歌声停止后，她也就惊醒了。

他见到女孩子醒来时，就装作自己还在睡眠，闭了眼睛。女孩从日头落下时睡到现在，精神已完全恢复过来，看男子还依靠石墙睡着，担心石头太冷，把白披肩搭到男子身上去后，傍了男子靠着。记起睡时满天的红霞，望到头上的新月，便轻轻地唱着，如母亲唱给小宝宝听催眠歌。

　　　　睡时用明霞作被，
　　　　醒来用月儿点灯。

寨主独生子哧地笑了。

四只放光的眼睛互相瞅定，各人安置一个微笑在嘴角上，微笑里却写着白日中两个人的一切行为。两人似乎皆略略为先前一时那点回忆所羞了，就各自向身旁那一个紧紧的挤了一下，重新交换了一个微笑。两人发现了对方脸上的月光那么苍白，于是齐向天上所悬的半规新月望去。

远远的有一派角声与锣鼓声，为田户巫师禳土酬神所在处，两人追寻这快乐声音的方向，于是向山下远处望去。远处有一条河。

"没有船舶不能过那条河，没有爱情如何过这一生？"

"我不会在那条小河里沉溺，我只会在你这小口上沉溺。"

两人意思仍然写在一种微笑里，用的是那么暧昧神秘的符号，却使对面一个从这微笑里明明白白，毫不含糊。远处那条长河，在月光下蜿蜒如一条带子。白白的水光，薄薄的雾，增加了两人心上的温暖。

女孩子说到她梦里所听的歌声，以及自己所唱的歌，还以为他们两人皆在梦里。经小寨主把刚才的情形说明白时，两人笑了许久。

女孩子天真如春风，快乐如小猫，长长的睡眠把白日的疲倦完全恢复过来，因此在月光下显得异常活泼，如一尾鱼在急流清溪里。

女孩子只想说诳，全是说些远无边际的，与梦无异的，年轻情人在狂热中所能说的糊涂话和蠢话。

小寨主说：

"不要说话，让我好在所有的言语里，找寻赞美你眉毛头发美丽处的言语！"

"说话呢，是不是就妨碍了你的诡谲？一个有天分的人，就是诡谲也显得不缺少天分！"

"神是不说话的。你不说话时像……"

"还是做人好！你的歌中也提到做人的好处。我们来活活泼泼的做人，这才有意思！"

"我以为你不说话就像何仙姑的亲姐妹了。我希望你比你那两个姐姐还稍呆笨一点，因为得呆笨一点，我的语言词汇里，才有可以形容你高贵处的文字。"

"可是，你曾同我说过，你也希望你那只猎狗敏捷一点。"

"我希望它灵活敏捷一点，为的是在山上找寻你比较方便，为我带信给你时也比较妥当一点。"

"希望我笨一点，是不是也如同你希望羚羊稍笨一样，好让你嗾使那只猎狗咬我时，不至于使我逃脱？"

"好的音乐常常是复音，你不妨再说一句。"

"我记得到你也希望羚羊稍笨过。"

"羚羊稍笨一点，我的猎狗才可以赶上它，把它捉回来送你。你稍笨一点，我才有相当的话颂扬你！"

"你口中体面话够多了，你说说你那些感觉给我听听。说谎若比真实更美丽，我愿意听你那些美丽的谎话。"

"你占领我心上的空间，如同黑夜占领地面一样。"

"月亮起来时，黑暗不是就只占领地面空间很小很小一部分了吗？"

"月亮照不到人心上的。"

"那我给你的应当也是黑暗了。"

"你给我的是光明，但是一种炫目的光明，如日头似的逼人熠耀。你使我糊涂。你使我卑陋。"

"其实你是透明的，从你选择谄谀时，证明你的心现在还是透明的。"

"清水里不能养鱼，透明的心也不一定能积存辞藻。"

"江中的水永远流不完，心中的话永远说不完！不要说了。一张口不完全是说话用的！"

两人为嘴唇找寻了另外一种用处，沉默了一会。两颗心一同跳跃，望着做梦一般月下的长岭、大河、寨堡、田坪。芦管声音似乎为月亮所湿，音调更低郁沉重了一点。寨中的角楼，第二次擂了转更鼓，女孩子听到时，忽然记起了一件事。把小寨主那颗年轻聪慧的头颅捧到手上，眼眉口鼻吻了好些次数，向小寨主摇摇头，无可奈何低低地叹了一声气，把两只手举起，跪在小寨主面前来梳理头上散乱了的发辫，意思想站起来，预备要走了。

小寨主明白那意思了，就抱了女孩子，不许她站起身来。

"多少萤火虫还知道打了小小火炬游玩，你忙些什么？走到什么地方去！"

"一颗流星自有它来去的方向,我有我的去处。"

"宝贝应当收藏在宝库里,你应当收藏在爱你的那个人家里。"

"美的都用不着家。流星,落花,萤火,最会鸣叫的蓝头红嘴绿翅膀的王母鸟,也都没有家的。谁见过人蓄养凤凰呢?谁能束缚着月亮呢?"

"狮子应当有它的配偶,把你安顿到我家中去,神也十分同意!"

"神同意的,人常常不同意。"

"我爸爸会答应我这件事,因为他爱我。"

"因为我爸爸也爱我,若知道了这件事,会把我照××人规矩来处置。若我被绳子缚了沉到地眼里去时,那地方接连四十八根箩筐绳子还不能到底,死了做鬼也找不出路来看你,活着做梦也不能辨别方向。"

女孩子是不会说谎的,××族人的习气,女人同第一个男子恋爱,却只许同第二个男子结婚。若违反了这种规矩,常常把女子用石磨捆到背上,或者沉入潭里,或者抛到地窟窿里。习俗的来源极古,过去一个时节,应当同别的种族一样,有认处女为一种有邪气的东西,地方酋长既较开明,巫师又因为多在节欲中生活,故执行初夜权的义务,就转给了第一个男子。第一个男子因此可以得到女人的贞洁,就不能够永远得到她的爱情。若第一个男子娶了这女人,似乎对于男子也十分不幸。迷信在历史中渐次失去了它本来的意义，古代习俗却保持下来。由于××守法的天性，故年轻男女在第一个恋人身上，也从不作那长远的梦。"好花不能长在，明月不能长圆，星子也不能永远放光"，××人歌唱恋爱，因此也多忧郁感伤气氛。常常有人在分手时感到"芝兰不易再开，欢乐不易再来"两人悄悄逃走的。也有两人携了手沉默无语，一同跳到那些在地面张着大嘴、死去了万年的火山孔穴里去的。再不然，冒险结了婚，到后被查出来时，就应当采取把女的向地狱里抛去那个办法了。

当地女孩子因为这方面的习俗无法除去，故一到成年家庭即不大加以拘束。外乡人来到本地，若喜悦了什么女子，使女子献身总十分容易。女孩子明理懂事一点的，一到了成年时，总把最初的贞操，稍加选择就交付给一个人，到后来再同自己钟情的男子结婚。男子中明理懂事的，业已爱上某个女子，若知道她还是处女，也将尽这女子先去找寻一个尽义务的爱人，再来同女子结婚。

但这些魔鬼习俗自然不是神所同意的。年轻男女所作的事，常常与自然的神意合一，容易违反风俗习惯。女孩子总愿意把自己整个交付给一个所倾心的男孩子，男子到爱了某个女孩时，也总愿意把整个的自己换回整个的女子。风俗习惯下虽附加了一种严酷的法律，在这法律下牺牲的仍常常有人。

女孩子遇到了这乡长独生子，自从春天山坡上黄色棠棣花开放时，即被这男子温柔缠绵的歌声与超人壮丽华美的四肢所征服，一直延长到秋天，还极其纯洁地在一种节制的友谊中恋爱着。为了狂热的爱，且在这种有节制的爱情中，两人皆似乎不需要结婚，两人中谁也不想到照习惯先把贞操给一个人蹂躏后再来结婚。

但到了秋天，一切皆在成熟。悬在树上的果子落下地，谷米上了仓，秋鸡孵了卵，大自然为点缀了这大地一年来的忙碌，还在天空中涂抹一片华丽的色泽，使溪涧澄清，空气温暖而香甜，且装饰了遍地的黄花，以及在草木枝叶间敷上与云霞同样的炫目颜色。一切皆布置妥当以后，便应轮到人的事情了。

秋成熟了一切，也成熟了两个青年人的爱情。

两人同往常任何一天相似，在约定的中午以后，在这古碉堡上见面了。两人共同采了无数野花铺到所坐的大青石板上，并肩坐在那里。山坡上开遍了各样草花，各处是小小蝴蝶，似乎对每一朵花皆悄悄嘱咐了一句话。向山坡下望去，入目远近皆异常恬静美丽。长岭上有割草人的歌声，村寨中有为新生小犊作栅栏的斧凿声，平田中有拾穗打禾人快乐的吵骂声。天空中白云缓缓地移，从从容容地动，透蓝的天底，一阵候鸟在高空排成一线飞过去了，接着又是一阵。

两个年轻人用山果山泉充了口腹的饥渴，用言语微笑喂着灵魂的饥渴。对日光所照及的一切，唱了上千首的歌，说了上万句的话。

日头向西掷去，两人对于生命感觉到一点点说不分明的缺处。黄昏将近以前，山坡下小牛的鸣声，使两人的心皆发了抖。

神的意思不能同习惯相合，在这时节已不许可人再为任何魔鬼作成的习俗加以行为的限制。理智即或是聪明的，理智也毫无用处。两人皆在忘我行为中，失去了一切节制约束行为的能力，各在新的形式下，得到了对方的力，得到了对方的爱，得到了把另一个灵魂互相交换移入自己心中深处的满足。到后来，于是两个人皆在战栗中昏迷了，喑哑了，沉默。幸福把两个青年人在同一行为上皆弄得十分疲倦，终于两人皆睡去了。

男子醒来稍早一点，灵魂尚在回忆幸福里浮沉，却忘了打算未来。女孩子则因为自身是女子，本能的不会忘却当地人对于女子违反这习惯的赏罚，故人一醒来时，也并未打算到这寨主的独生子会要她同回家去。两人的年龄还皆只适宜于生活在夏娃亚当所住的乐园里，不应当到这"必需思索明天"的世界中安顿。

但两人所作所为已到了向所生长的一个地方一个种族的习惯负责时节了。

"爱难道是同世界离开的事吗？"新的思索使小寨主在月中沉默

如石头。

女孩子见男子不说话，知道这件事正在苦恼到他，就装成快乐的声音，轻轻地喊他，恳切地求他，在应当快乐时放快乐一点。

　　　　××人唱歌的圣手，
　　　　请你用歌声把天上那一片白云拨开。
　　　　月亮到应落时就让它落去，
　　　　现在还得悬在我们头上。

天上的确有一片薄云把月亮拦住了，一切皆朦胧了。两人的心比先前黯淡了一些。

寨主独生子说：

　　　　我不要日头，可不能没有你。
　　　　我不愿作帝称王，却愿为你作奴当差。

女孩子说：

"这世界只许结婚不许恋爱。"

"应当还有一个世界让我们去生存，我们远远地走，向日头出处远远地走。"

"你不要牛，不要马，不要果园，不要田土，不要狐皮褂子同虎皮坐褥吗？"

"有了你我什么也不要了。你是一切：是光，是热，是泉水，是果子，是宇宙的万有。为了和你接近，我应当同这个世界离开。"

两人就所知道的四方各处想了许久，想不出一个可以容纳两人的地方。南方有汉人的天国，汉人见了他们就当生番杀戮，他不敢向南方走。向西是通过长岭无尽的荒山，虎豹所居的地面，他不敢向西方走。向北是本族人的地面，每一个村落皆保持同一魔鬼所颁的法律，对逃亡人可以随意处置。只有东边是日月所出的地方，日头既那么公正无私，照理说来日头所在处也一定和平正直。

但一个故事在小寨主的记忆中活起来了，日头曾炙死了第一个××人，自从有这故事以后，××人谁也不敢向东追求习惯以外的生活。××人有一首历史极久的歌，那首歌把求生的人所不可少的欲望，真的永生意义却结束在死亡里。都以为如果贪婪这"生"，只有"死"才能得到。战胜命运只有死亡，克服一切惟死亡可以办到。最公平的世界不在地面，却在空中与地底。天堂地位有限，容不下多少俗人，地下宽阔无边，不必苦修也可前去。地下宽阔公平的理由，在××人看来是可靠的，就因为从不听说死人愿意重生，且从不闻死人充满了地下。××人永生的观念，在每一个人心中皆坚实地存在。孤单的死，或因为恐怖不容易找寻他的爱人，有所疑惑，同时去死，皆是很平常的事情。

寨主的独生子想到另外一个世界，快乐地微笑了。

他问女孩子，是不是愿意向那个只能走去不再回来的地方旅行。

女孩子想了一下，把头仰望那个新从云里出现的月亮。

水是各处可流的，

火是各处可烧的，

月亮是各处可照的，

爱情是各处可到的。

说了，就躺到小寨主的怀里，闭上美丽的眼睛，等候男子决定了死的接吻。寨主的独生子，把身上所佩的小刀取出，在镶了宝石的空心刀把上，从那小穴里取出如梧桐子大小的毒药，含放入口里去，让药溶化后，就渡送了一半到女孩子嘴里去。两人很快乐地咽下了那点同命药，于是微笑着，睡在业已枯萎了的野花铺就的石床上，等候药力发作。

一会儿月儿就隐在云里去了。

1933 年 9 月 22 日在青岛写成

1941 年 1 月 7 日在昆明重校数字。是日

焚去文稿 15000 字，但余一片火光一点灰烬在印象中

秋

到了七月间，田中禾苗的穗已垂了头，成黄色，各处忙打谷子了。

这时油坊歇憩了，代替了油坊打油声音的，是各处田中打禾的声音。用一二百铜钱，同点点老酸菜与臭牛肉雇来的每个打禾人，一天亮起来到了田中，腰边的镰刀像小锯子，下田后，把腰一勾，齐人高的禾苗，在风快的行动中，全只剩下一小桩，禾的束便疏疏朗朗的全卧在田中了。

在割禾人后面，推着大的四方木桶的打禾人，拿了卧在地上的禾把在手，高高地举起，快快地打下，把禾在木桶边沿上痛击，于是已成熟的谷粒，便完全落到桶中。

打禾的日子是热闹的日子。庄稼人心中各有丰收上仓的欢喜，一面又不缺少一年到头的耕作已到了休息时候的舒畅，所有人，全是一张笑脸！

慢慢的，各个山坡各个村落各个人家门前的大树下，把稻草堆成高到怕人的巨堆，显见的是谷子已上仓了。这稻草的堆积，各处可见到，浅黄的颜色，伏在叶已落去了的各种大树下，远看更像一个庞大兽物。有些人家还将这草堆作屋，就在草堆上起居，以便照料那些山谷中晚秋方能戒熟的黍类薯类。地方没有盗贼，他们怕的是野猪，野猪到秋天就多起来了。

这个时候五明家油坊既停了工，五明无可玩，五明不能再成天守着碾子看牛推磨了，牛也不需要放出去吃草了，他就常常上山去捡柴。五明捡柴不一定是家中靠这个卖钱，也不是烧火缺柴，五明的家中的杉松栗栎，就不知有几千几万。五明捡柴，一天捡回来的只是一捆小枯枝，一捆花，一捆山上野红果。这小子，出大门，佩了镰刀，佩了烟管，还佩了一枝短笛，这三样东西只有笛子对于他十分合用。他上山，就是在西风中吹笛子给人听！

把笛子一吹，一匹鹿就跑来了。笛子还是继续吹下去，鹿就呆在小子身边睡下，听笛子声音醉人。来的这匹鹿有一双小小的脚，一个长长的腰，一张黑黑的脸同一个红红的嘴。来的是阿黑。

阿黑的爹这时不打油，用那起着厚茧的扶油槌的手，在乡约家抹"一点红"纸牌去了。阿黑成天背了竹笼上山去，名义也是上山捡柴扒草，不知在什么地方，不管多远，她听得出五明笛子的声音。把笛子一吹，阿黑就像一匹小花鹿跑到猎人这边来了。照例是来了就骂，骂五明坏鬼。谁也不容易明白这"坏"意义究竟是什么。大约就因为五明吹了笛，唱着歌，唱到有些地方，阿黑虽然心中欢喜，正因为欢喜，就骂起"五明坏鬼"来了。阿黑身上并不黑，黑的只是那一张脸，五明唱歌唱到——

"娇妹生得白又白，情哥生得黑又黑，黑墨写在白纸上，你看合适不合适？"

阿黑就骂人。使阿黑骂人，也只怪得是五明有嘴。野猪有一张大的嘴巴，可以不用劲就把田中大红薯从土里掘出，吃薯充饥。五明嘴不大，却乖劣不过，唱歌以外不单是时时刻刻须用嘴吮阿黑的脸，还时时刻刻想用嘴吮阿黑的一身。且嗜好不良，怪脾气顶多，还有许多说不出的铺排，全似乎要口包办，都有使阿黑骂他的理由。一面骂是骂，一面要作的还是积习不收，无怪乎阿黑一见面就先骂"五明坏鬼"了。

五明又怪又坏，心肝肉圆子的把阿黑哄着引到幽僻一点稻草堆下去，且别出心裁，把中部的草拖出，挖空成小屋，就在这小屋中陪阿黑谈天说地，显得又谄媚又温柔。有时话语说得不大得体，使一个人生了气想走路，五明因为要挽留阿黑，就设法把阿黑一件什么东西藏到稻草堆的顶上去，非到阿黑真有生气样子时不退。

阿黑人年纪比五明大，知道许多事情。知道秋天来了，天气冷，一切皆应当小心注意。可是就因为五明是坏鬼，脾气坏，心坏，嗜好的养成虽日子不多也俨然无可救药。纵有时阿黑一面说着"不行""不行"，到头仍然还是投降，已经有过极多例子了。

天气当真一天一天冷下来了。中秋快到，纵成天还是大太阳挂到天空，早晚有寒气袭人，非穿夹袄不可了。在这样的天气下，阿黑还一听到五明笛子就赶过去，这要说单是五明罪过也似乎说不过去。

八月初四是本地山神的生日，人家在这一天都应当用鸡用肉用高粱酒为神做生。五明的干爹，那个头缠红帕子作"长毛"装扮的老师傅，被本地当事人请来帮山神献寿谢神祝福，一来就住到亲家油坊里。来到油坊的老师傅，同油坊老板调换着烟管吃烟，坐到那碾子的横轴上谈话，问老板的一切财运，打油匠阿黑的爹也来了。

打油匠是听到油坊中一个长工说是老师傅已来，所以放下了纸牌跑来看老师傅的。见了面，话就是这样谈下去：

"油匠，您好！"

"托福。师傅，到秋天来，你财运好！"

"我财运也好，别的运气也好。妈个东西，上前天，到黄寨上做法事，半夜里主人说夜太长，请师傅打牌玩，就架场动手。到后作师傅的又作了宝官庄家，一连几轮庄，撇十遇天罡，足足六十吊，散了饷。事情真做不得，法事不但是空做，还倒贴了些。钱输够了天还不亮，主人倒先睡着了。"

"亲家，老庚，你那个事是外行，小心是上了当。"油坊老板说，喊老师傅做亲家又喊老庚，因为他们又是同年。

师傅说："当可不上。运气坏是无办法。这一年运气像都不大好。"

师傅说到运气不好，就用力吸烟，若果烟气能像运气一样，用口可以吸进放出，那这位老师傅一准赢到个不亦乐乎了。

他吸着烟，仰望着油坊窗顶，那窗顶上有一只蝙蝠倒挂在一条橡皮上。

"亲家，这东西会作怪，上了年纪就成精。"

"什么东西?"老板因为同样抬头，却见到两条烟尘的带子。

"我说檐老鼠，你瞧，真像个妖精。"

"成了妖就请亲家捉它。"

"成了妖我恐怕也捉不到，我的法术似乎只能同神讲生意，不能同妖论本事!"

"我不信这东西成妖精。"

"不信呀，那不成。"师傅说，记起了一个他也并不曾亲眼见到的故事，信口开河说，"真有妖。老虎峒的第二层，上面有斗篷大的檐老鼠，能做人说话，又能呼风唤雨，是得了天书成形的东西。幸好是它修炼它自己，不惹人，人也不惹它，不然可了不得。"

为证明妖精的存在起见，老师傅不惜在两个朋友面前说出丢脸的话。他说他有时还得为妖精作揖，因为妖精成了道也像招安了的土匪一样，不把他当成副爷款待可不行。他又说怎么样就可以知道妖精是有根基的东西，又说怎么同妖精讲和的方法。总之这老东西在亲家面前就只是个喝酒的同志，穿上法衣才是另外一个老师傅！其实，他做着捉鬼降妖的事已有二三十年，却没有遇到一次鬼。他遇到的倒是在人中不缺少鬼的本领的，同他赌博，把他打筋斗唱神歌得来的几个钱全数掏去。他同生人说打鬼的法力如何大，同亲家老朋友又说妖是如何凶，可是两面说的全是鬼话，连他自己也不明白自己法术究竟比赌术精明多少。

这个人，实在可以说是好人，缺少城中法师势利习气，唱神歌跳舞磕头全非常认真，又不贪财，又不虐待他的徒弟。可是若当真有鬼有妖，花了钱的他就得替人去降伏，他那个道法，究竟与他的那分赌术哪样高明一点，真是难说的事！

谈到鬼，谈到妖，老师傅记起上几月为阿黑姑娘捉鬼的事，就问打油匠女儿近来身体怎样。打油匠说：

"近来人全好了，或者是天气交了秋，还发了点胖。"

一关于肥瘦，渊博多闻的老师傅，又举出若干例子，来说明鬼打去以后病人发胖的理由，且同时不嫌矛盾，又说是有些人被鬼缠身反而发胖，颜色充实。

那老板听到这两种不同的话，就打老师傅的趣，说，"亲家，那莫非这时阿黑丫头还是有鬼缠到身上！"

老师傅似乎不得不承认这个话，点着头笑。老师傅笑着，接过打油匠递来的烟管，吸着烟，五明同阿黑来了。阿黑站到门边，不进来，五明就走到老师傅面前去喊干爹，又回头喊四伯。

打油人说，"五明，你有什么得意处，这样笑。"

"四伯，人笑不好么？"

"我记得你小时爱哭。"

"我才不哭！"

"如今不哭了，只淘气。"作父亲的说了这样话时，五明就想走。

"走哪儿去？又跑？"

"爹，阿黑大姐在外面等我，她不肯进来。"

"阿黑丫头，来哎！"老板一面喊一面走出去找阿黑，五明也跟着跑了出去。

五明的爹站到门外四望，望不到阿黑。一个大的稻草堆把阿黑隐藏了。五明明白，就走到草堆后面去。

"姐，你躲到这里做什么？我干爹同四伯他们在谈话，要你进去！"

"我不去。"

"听我爹喊你。"

的确那老板是在喊着的，因为见到另一个背竹笼的女人下坡去，以为那是阿黑，他就大声喊。

五明说："姐，你去吧。"

"不。"

"你听，还在喊！"

"我不耐烦去见那包红帕子老鬼。"

为什么阿黑不愿意见包红帕子老鬼？不消说，是听到五明说过，那人要为五明做媒的缘故了。阿黑怕的是一见那老东西，又说起这事，所以不敢这时进油坊。五明非要阿黑去油坊玩玩不可。见阿黑坚持，就走出草堆，向他父亲大声喊告阿黑藏在草堆后面。

阿黑不得不出来见五明的爹了。五明的爹要她进去，说她爹也在里面，她不好意思不进油坊去。同时进油坊，阿黑对五明鼓鼓眼睛，作生气神色，这小子这时只装不看见。

　　见到阿黑几乎不认识的是那老法师。他见到阿黑身后是五明，就明白阿黑其所以肥与五明其所以跳跃活泼的理由了。老东西对五明独做着一种会心的微笑。老法师的模样给阿黑见到时，使阿黑脸上略微发了点儿烧。

　　"爹，我以为你到萧家打牌去了。"

　　"打牌又输了我一吊二，我听说师傅到了，就放了手。正要起身，被团总扯着不许走，再来一牌，却来了一个回笼子青花翻三层台，里外里还赢了一吊七百儿。"

　　"爹你看买不买那王家的旦脚猪？"

　　"你看有病不有。"

　　"病是不会，脚可有一只旦了，我不知好不好。"

　　"我看不要它，下一场要油坊中人去新场买一对花猪好。"

　　"花猪不行，要黑的，配成一个样子。"

　　"那就是。"

　　阿黑无话可说了，放下了背笼，从背笼中取出许多带球野栗子同甜萝卜来，又取出野红果来，分散给众人，用着女人的媚笑说请老师傅尝尝。五明正爬上油榨，想验看油槽有无蝙蝠屎，见到阿黑在俵分东西，跳下来，就不客气地抢。

老师傅冷冷地看着阿黑的言语态度，觉得干儿子的媳妇再也找不出第二个了。又望望这两个作父亲的人，也似乎正是一对亲家，他的心中就想起作媒的第一句话来了。他先问五明，说：

"五明小子，过来我问你。"

五明就走过干爹这边来。

老师傅附着五明的耳说："记不记得我以前说的那话。"

五明说："记不得。"

"记不得，老子告你，你要不要那个人做老婆？说实话。"

五明不答，用手掩了两耳，又对阿黑做鬼样子，使阿黑注意这一边人说话情景。

"不说我就告你爹，说你坏得很。"

"干爹你冤枉人。"

"我冤枉你什么？我老人家，鬼的事都知道许多，岂有不明白人事的道理。告我实在话，若欢喜要干爹帮忙，就同我说，不然那个打油匠有一天会用油槌打碎你的狗头。"

"我不作什么坏事，哪个敢来打我？"

"我就要打你，"老师傅这时可高声了，他说，"亲家，我以前同你说的那事怎样了？"

"怎么样？干爹这样担心干吗？"

"不担心吗？你这作爹的可不对。我告你小孩子是已经会拜堂了的人，再不设法将来会捣乱。"

五明的爹望着五明笑，五明就向阿黑使眼色，要她同到出去，省得被窘。

阿黑对她爹说："爹，我去了。你今天回不回家吃饭？"

五明的爹就说："不回去吃了，在此陪师傅。"

"爹不回去我不必煮饭，早上剩得有现饭。"阿黑一面说，一面把背笼放到肩上，又向五明的爹和老师傅说，"伯伯，师傅，请坐。我走了。无事回头到家里吃茶。"

五明望到阿黑走去后，不好意思追出去。阿黑走后干爹才对打油人说道："四哥，你阿黑丫头越发长得好看了。"

"你说哪里话，这丫头真不懂事，一天只想玩，只想上天去。我预备把他嫁到一远乡里去，有阿婆阿公，有妯娌弟妹，才管教得成人，不然就只好嫁当兵人去。"

五明听阿黑的爹说的话心中就一跳。老师傅可为五明代问出打油人的意见了，那老师傅说，"哥，你当真舍得嫁阿黑丫头到远乡去吗？"

打油人不答，就哈哈笑。人打哈哈子大笑，显然是自己所说的话是一句笑话，阿黑不能远嫁也分明从话中得到证明了。进一步的问话是"阿黑究竟有了人家没有"。那打油人说"还没会"。他又说："媒人是上过门有好几次了，因为只这一个女儿，不能太马虎，一面问阿黑，阿黑也不愿，所以事情还谈不到。"

五明的爹说："人已不小了，也不要太马虎，总之这是命，命好的先不好往后会好。命坏的先好也会变坏。"

"哥，你说的是，我做一半儿主，一半听丫头自己。她欢喜的我总不反对。我不想家私，只要儿郎子弟好，过些年月我老了，骨头松了，再不能作什么时，可以搭他们吃一口闲饭。有酒送我喝，有牌送我打，就算享福了。"

"哥，把事情包送我去好了，我为你找女婿。——亲家，你也不必理五明小子的事，给我这做干爹的一手包办。——你们就打一个亲家好不好？"

五明的爹笑，阿黑的爹也笑。两人显然都承认这提议有可以继续商量下去的必要，反倒一时无话可说了。

听到这话的五明，本来不愿意再听，但想知道这结果，所以装不明白的样子坐到灶边用铲头砸栗球吃。他一面剥栗子壳一面用心听三人谈话。旋即又听到二爹说道：

"亲家，我这话是很对的。若是你也像四哥意思，让这没有母亲的孩子自己作一半主，选择自己意中人，我断定他不会反对他干爹的意见。"

"师傅，黑丫头年纪大，恐怕不太相称吧。"

"四哥，你不要客气，你试问问五明，看他要大的还是要小的。"

打油人不问五明，老师傅就又帮打油人来问。他说："喂，不要害羞，我同你爹说的话你总听到了。我问你，愿不愿意把阿黑当做床头人喊四伯做丈人？"

五明装不懂。

"小东西，你装痴，我问你要不要媳妇，要时就赶快给干爹磕头，干爹好为你正式做媒。"

"我不要。"

"你不要那就算了，以后再见你同阿黑在一起，就教你爹打断你的腿。"

五明不怕吓，干爹的话说不倒五明，那是必然的。虽然愿意阿黑有一天会变成自己的妻，可是口上说要什么人帮忙，还得磕头，那是不行的。一面是不承认，一面是逼到要说，于是乎五明只有走出油坊一个办法了。

五明走出了油坊，就赶快跑到阿黑家中去。这一边，三个中年汉子，亲家作不作倒不甚要紧，只是还无事可作的老师傅，手上闲着发鸡爪疯。得找寻一种消遣的方法，所以不久三人就邀到团总家打"丁字福"的纸牌去了。

且说五明，钻进阿黑的房里去时是怎样情景。

阿黑正想着古怪样子的老师傅，她知道这个人在念经翻筋斗以外总还有许多精神谈闲话，闲话的范围一推广，则不免就会说到自己身上来，所以心正正忡着。事情果不出意料以外，不但是谈到了阿黑，且谈到一件事情，谈到五明与阿黑有同意的必然的话了，因为报告这话来到阿黑处的五明，一见阿黑的面就痴笑。

"什么事，鬼?"

"什么事呀! 有人说你要嫁了!"

"放屁!"

"放屁放一个，不放多。我听你爹说预备把你嫁到黄罗寨去，或者嫁到麻阳吃稀饭去。"

"我爹是讲笑话。"

"我知道。可是我干爹说要帮你做媒，我可不明白这老东西说的是谁。"

"当真不明白吗?"

"当真不明白，他说是什么姓周的。说是读书人，可以做议员的，脸很白，身个儿很高，穿外国人的衣服，是这种人。"

"我不愿嫁人。除了你我不……"

"他又帮我做媒，说有个女人……"

"怎样说？"阿黑有点急了。

"他说女人生长得像观音菩萨，脸上黑黑的，眉毛长长的，名字是阿黑。"

"鬼，我知道你是在说鬼话。"

"我明白说吧。他当到我爹同你爹说你应当嫁我了，话真只有这个人说得出口！"

阿黑欢喜得脸上变色了。她忙问两个长辈怎么说。

"他们不说。他们笑。"

"你呢？"

"他问我，我不好意思说我愿不愿，就走来了。"

阿黑歪头望五明，这表示要五明亲嘴了，五明就走过来拥抱阿黑。他说："阿黑，你如今是我的妻了。"

"是你的？永远不！"

"我是你的丈夫，要你做什么你就应当做。"

"我不听你的调度。"

"应当听，我是你丈夫。"

"放屁，说呆话我要打人。"

"你打我就去告干爹，说你欺侮我小，折磨我。"

阿黑气不过，当真就是一个耳光。被打痛了的五明，用手擦抚着脸颊，一面低声下气认错，要阿黑陪他出去看落坡的太阳以及天上的霞。

站在门边望天，天上是淡紫与深黄相间。放眼又望各处，各处村庄的稻草堆，在薄暮的斜阳中镀了金色。各个人家炊烟升起以后又降落，拖成一片白幕到坡边。远处割过禾的空田坪，禾的根株作白色，如同一张纸画上无数点儿，一切光景全仿佛是诗，字句韵脚说不出的和谐，说不尽的美。

在这光景中的五明与阿黑，倚在门前银杏树下听晚蝉，不知此外世界上还有眼泪与别的什么东西。

顾 问 官

驻防湖南省西部地方的三十四师，官佐士兵伕同各种位分的家眷人数约三万，枪枝约两万，每到月终造名册具结领取省里协饷却只四万元；此外就靠大烟过境税，和当地各县种户吸户的地亩捐、懒捐、烟苗捐、烟灯捐以及妓院花捐等等支持。军中饷源既异常枯竭，收入不敷分配，因此一切用度都来自对农民的加重剥削。农民虽成为竭泽而渔的对象，本师官佐士兵伕固定薪俸仍然极少，大家过的日子全不是儿戏。兵士十冬腊月还常常无棉衣。从无一个月按照规矩关过一次饷。一般职员单身的，还可以混日子，拖儿带女的就相当恼火。只有少数在师部里的高级幕僚红人，名义上收入同大家相差不多，因为可以得到一些例外津贴，又可以在各种税卡上挂个虚衔，每月支领笔干薪，人若会"夺弄"，还可以托烟帮商人，赊三五挑大烟，搭客做生意，不出本钱却稳取利息，因此每天无事可作，还能陪上司打字牌进出三五百块钱不在乎。至于落在冷门的家伙，即或名分上是"高参"、"上校"，生活可就够苦了。

师部的花厅里每天有一桌字牌，打牌的看牌的高级官佐，经常有一桌席位，和八洞神仙一般自在逍遥。一到晌午炮时，照例就放下了牌，来吃师长大厨房备好的种种点心。圆的、长的、甜的、淡的、南方的、北方的，轮流吃去。如果幕僚中没有这些贤豪英俊人才，好些事情也相当麻烦不好办。这从下文就可知道。

这时节，几张小小矮椅上正坐得有禁烟局长、军法长、军需长同师长四个人抹着字牌打跑和。坐在师长对手的是军需长，正和了个"红四台带花"，师长恰好"做梦"歇憩，一手翻开那张剩余的字牌，是个大红拾字，牌上有数，单是做梦的收入就是每人光洋十六块。师长一面哈哈大笑，一面正预备把三十二块大洋钱捡进抽屉匣子里时，忽然从背后伸来一只干瘦姜黄的小手，一把抓捏住了五块洋钱，那只手就想赶快缩回去，哑声儿带点诌媚神气嚷着说：

"师长运气真好，我吃五块钱红！"

拿钱说话的原来是本师少将顾问赵颂三。他那神气似真非真，因为是师长的老部属，平时又会逢场作戏，这时节乘顺水船就来那么一手。他早有了算计，钱若拿不到手，他作为开玩笑，打哈哈；

若上了手，就预备不再吃师长大厨房的炸酱面，出衙门赶过王屠户处喝酒去了。他原已站在师长背后看了半天牌，等候机会，所以师长纵不回头，也知道那么伸手白昼行劫的是谁。

师长把头略偏，一手扣定钱，笑着嚷道："这是怎么的？吃红吃到梦家来了！军法长，你说，真是无法无天！查查你那条款，白日行劫，你得执行职务！"

军法长是个胖子，早已胖过了标准，常常一面打牌一面打盹。这时节已输了将近两百块钱，正以为是被身后那一个牵线把手气弄痞了，不大高兴。就带讽刺口气说：

"师长，这是你的福星，你尽他吃五块钱红吧，他帮你忙不少了！"

那瘦手于是把钱抓起赶快缩回，依旧站在那里，嘟嘟的把几块钱在手中转动。

"师长是将星，我是福星——我站在你身背后，你和了七牌，算算看赢了差不多三百块！"

师长说："好好，福星，你赶快拿走吧。不要再站在我身背后，我不要你这个福星。我知道你有许多重要事情待办，街上有人等着你，赶快去吧。"

顾问本意即刻就走，但是经这么一说，倒似乎不好意思起来了。

一时不即开拔，只搭讪着，走过军法长身后来看牌。军法长回过头来对他愣着两只大眼睛说：

"三哥，你要打牌我让你来好不好？"

话里虽然有根刺，这顾问用一个油滑的微笑，拔去了那根看不见的刺，却回口说：

"军法长，你发财，尔发财！哈哈，看你今天那额角，好晦气！我俩赌个手指头，你不输掉裤带才真是运气！"一面说一面笑着，把手中五块雪亮的洋钱嘟唎地转着，摇头摆脑地走出师部衙门上街了。

这人一出师部衙门，就赶过东门外王屠户那里去。到了那边，刚好午炮咚的一响。王屠户正用大钵头焖了两条牛鞭子，业已稀烂，钵子、酒碗都摊在地下，且团团转蹲了好几个老相好。顾问来得恰是时候，一加入这个饕餮群后，就接连喝了几杯"红毛烧"，还卷起袖子和一个官药铺老板大吼了三拳，一拳一大杯。他在军营中只是个名誉"军事顾问"，在本地商人中却算得是个真正"商业顾问"。大家一面大吃大喝，一面扬谈起来，凡有问的他必回答。

药店中人说：

"三哥，你说今年水银收不得，我听你的话，就不收。可是这一来尽城里达生堂把钱赚去了。"

"我看老《申报》，报上说政府已下令不许卖水银给日本鬼子，谁敢做卖国贼秦桧？到后来那个卖南瓜的×××自己卖起国来，又不禁止了。这难道是我的错吗？"

一个杂货商人接口说：

"三哥，你前次不是说桐油会涨价吗？"

"是呀，汉口挂牌十五两五，怎么不涨？老《申报》美国华盛顿通讯，说美国赶造军舰一百七十艘，预备大战日本鬼。日本自然也得添造一百七十艘，兵对兵，将对将。老汉对婆娘。油船要的是桐油！谁听诸葛卧龙妙计，谁就从地下捡金子！"

"捡金子！商会上汉口来电报，落到十二两八！"

那顾问听说桐油价跌了，显然军师妙计有了错，有点害臊，便嚷着说：

"那一定是毛子发明了电油，你们不明白科学，不知道毛子科学厉害。他们每天发明一样东西。谁发明谁就专利。正像福音堂牧师发明了上帝，牧师就有专利一样。报上说，他们还预备从海水里取金子，信不信由你。他们一定发明了电油，中国桐油才跌价！"

王屠户插嘴说：

"福音堂美国洋人怀牧师讲卫生，买牛里肌带血吃，百年长寿。他见我案桌上大六月天有金蝇子，就说：'卖肉的，这不行，这不行，这有毒害人，不能吃！'（学外国人说中国话调子。）还答应送我大纱布作罩子，夵他祖宗，我就偏让金蝇子贴他要的那个，看福音堂耶稣保佑他！"

一个杀牛的助手，从前作过援鄂军的兵士，想起湖北荆州、沙市土娼唱的赞美歌，笑将起来了，学土娼用窄喉咙唱道：

"耶稣爱我，我爱耶稣；耶稣爱我白白脸，我爱耶稣大洋钱……"

到后几人接着就大谈起卖淫同迷信各种故事，又谈到《麻衣》、《柳庄》相法。有人说顾问额角放光，像是个发达相，最近一定会作县知事。一面吃喝一面谈笑，正闹得极有兴致，门外屠桌边，忽然有个小癞子头晃了两下。

"三伯，三伯，你家里人到处找你，有要紧事，你就去！"

顾问一看说话的是邻居弹棉花人家的小癞子，知道所说不是谎话。就用筷子拈起一节牛鞭子蘸了盐辣水，把筷子一上一下同逗狗一样，"小癞子，你吃不吃牛鸡巴，好吃！"小癞子不好意思吃，只是摇头。顾问把它塞进自己口里，又同王屠户对了一杯，同药店中人对了一杯，同城卜土老儿王冒冒对了一杯，且吃了半碗牛鞭酸白菜汤，用衣袖子抹着嘴上油腻，连说有偏，辞别众人忙匆匆赶回家去了。

这顾问履历是前清的秀才，圣谕宣讲员，私塾教师。入民国又作过县公署科员，警察所文牍员。（一卸职就替人写状子，作土律师）到后来不知凭何因缘，加入了军队，随同军队辗转各处。二十年来的湘西各县，即全由军人支配，他也便如许多读书人一样，寄食在军队里，一时作小小税局局长，一时包办屠宰捐，一时派往邻近地方去充代表，一时又当禁烟委员。因为职务上的疏忽，或账目上交接不清，也有过短时间的拘留，查办，结果且短时期赋闲。某一年中事情顺手点，多捞几个外水钱，就吃得油水好些，穿得光彩些，脸色也必红润些；带了随从下乡上衙门时，气派仿佛便是个"要人"，大家也好像把他看得重要得多。一年半载不走运，捞了几注横财，不是输光就是躺在床上打摆子吃药用光了。或者事情不好，收入毫无，就一切胡胡混混，到处拉扯。凡事不大顾全脸面，完全不像个正经人，同事熟人也便敬而远之了。

近两年来他总好像不大走运，名为师部的军事顾问，可是除了每到月头写领条过军需处支取二十四元薪水外，似乎就只有上衙门到花厅里站在红人背后看牌，就便吸几枝三五字的上等卷烟。不看牌便坐在花厅一角翻翻报纸。不过因为细心看报，熟悉上海、汉口那些铺子的名称，熟悉各种新货各种价钱，加之自己又从报纸上得到了些知识，因此一来，他虽算不得"资产阶级"，当地商人却把他尊敬成为一个"知识阶级"了。加之他又会猜想，又会瞎说。事实上人也还厚道，间或因本地派捐过于苛刻，收款人并不是个毫无通融的人，有人请顾问帮忙解围，顾问也常常为那些小商人说句把公道话。所以他无日不在各处吃喝，无处不可以赊账。每月薪水二十四元虽不够开销，总还算拉拉扯扯勉强过得下去。

他家里有一个怀孕七个月的妇人，一个三岁半的女孩子。妇人又脏又矮，人倒异常贤惠。小女孩因害疳积病，瘦得剩一把骨头，一张脸黄姜姜的，两只眼大大的向外凸出，动不动就如猫叫一般哭泣不已。他却很爱妇人同小孩。

妇人为他孕了五个男孩子，前后都小产了，所以这次怀孕，顾问总担心又会小产。

回到家里，见妇人正背着孩子在门前望街，肚子还是胀鼓鼓的，知道并不是小产，才放了心。

妇人见他脸红气喘，就问他是什么原因，气色如此不好看。

"什么原因！八癞子说家里有要紧事，我还以为你又那个！"顾问一面用手摸着他自己的腹部，做出个可笑姿势，"我以为呱哒一下，又完了。我很着急，想明白你找我作什么！"

妇人说：

"大庸杨局长到城里来缴款,因为有别的事情,当天又得赶回观音寺,说是隔半年不见赵三哥了,来看看你。还送了三斤大头菜。他说你是不是想过大庸玩。……"

"他就走了吗?"

"等你老等不来,叫小癞子到苗大处赊了一碗面请局长吃。派马夫过天王庙国术馆找你,不见。上衙门找你,也不见。他说可惜见你不着,今天又得赶到粑粑坳歇脚,恐怕来不及,骑了马走了。"

顾问一面去看大头菜,扯菜叶子给小女孩吃,一面心想这古怪。杨局长是参谋长亲家,莫非这"顺风耳"听见什么消息,上面有意思调剂我,要我过大庸作监收,应了前天那个捡了一手马屎的梦?莫非永顺县出了缺?

胡思乱想心中老不安定,忽然下了决心,放下大头菜就跑,在街上挨挨撞撞,有些市民不知道是什么原因,还跟着他乱跑了一阵。出得城来直向××大路追去。赶到五里牌,恰好那局长马肚带脱了,正在那株大胡桃树下换马肚带。顾问一见欢喜得如获"八宝精",远远地就打招呼:

"局长,局长,你是上天空来朝玉皇?怎不多玩一天,喝一杯,就忙走!"

那局长一见是顾问,也显得异常高兴。

"哈，三哥，你这个人！我在城里茅房、门角落灯笼火把哪里不找你，你这个人！简直是到保险柜里去了！"

"嗨，局长，什么都找到，你单单找不到王屠户案桌后边！我在那儿同他们吃牛鸡巴下茅台酒！"

"吓，你这个人！不上忠义堂做智多星，一定要蹲地下划拳才过瘾！"

两人坐在胡桃株下谈将起来，顾问才明白，原来这个顺风耳局长，果然在城里听说今年十一月的烟亩捐，已决定在这个八月就预借。这好消息真使顾问喜出望外。

原来军中固定薪俸既极薄，在冷门上的官佐，生活太苦，照例到了收捐派捐时，师部就临时分别选派一些监收人，往各县会同当地军队催款。名分上是催款，实际上就调剂调剂，可谓公私两便。这种委员如果机会好，派到好地方，本人又会"夺弄"，照例可以捞个一千八百；机会不好，派到小地方，也总有个三百五百。因此每到各种催捐季节，师部服务人员都可被望指派出差。不过委员人数有限，人人希望借此调剂调剂，于是到时也就有人各处运动出差。消息一传出，市面酒馆和几个著名土娼住处都显得活跃起来。

一作了委员，捞钱的方法倒很简便。若系查捐，无固定数目派捐，则收入以多报少。若系照比数派捐或预借，则随便说个附加数目，走到各乡长家去开会，限乡长多少天筹足那个数目；乡长又走到各保甲处去开会，要保甲多少天筹足那个数目；保甲就带排头向各村子里农民去敛钱。这笔钱从保甲过手时，保甲扣下一点点，从乡长过手时，乡长又扣下一点点，其余便到了委员手中。委员懂门径为人厉害歹毒的，可多从乡长、保甲荷包里挖出几个；委员老实脓包的，乡长、保甲就乘浑水捞鱼，多弄几个了。十天半月把款筹足回师部呈缴时，这些委员再把入腰包的赃物提出一部分，点缀点缀军需处同参副两处同事，委员下乡的工作就告毕了。

当时顾问得到了烟款预借消息，心中异常快乐，但一点钟前在师部里还听师长说今年十一月税款得涓滴归公，谁侵吞一元钱就砍谁的头。军法长口头上且为顾问说了句好话，语气里全无风声，所以顾问就说：

"局长，你这消息是真是假？"

那局长说：

"我的三哥，亏你是个诸葛卧龙，这件事情还不知道。人家早安排好了，舅老爷去花垣，表大人去龙山，还有那个'三尾子'，也派定了差事。只让你梁山军师吴用坐在鼓里摇鹅毛扇！"

"胖大头军法长瞒我，那猪头三（学上海人口气）刚才还当着我面同师长说十一月让我过乾城！"

"这中风的大头鬼，正想派他小舅子过我那儿去，你赶快运动，热粑粑到手就吃。三哥，迟不得，你赶快那个！"

"局长，你多在城里留一天吧，你手面子宽，帮我向参谋长活动活动，少不得照例……"

"你找他去说那个这个……岂不是就有了边了吗？"

"那自然，那自然，你我老兄弟，我明白，我明白。"

两人嘀嘀咕咕商量了一阵，那局长为了赶路，上马匆匆走了。顾问步履如飞地回转城里，当天晚上就去找参谋长，傍参谋长靠灯效劳，在烟灯旁谈论那个事情。并用人格担保一切照规矩办事。

顾问奔走了三天，盖着巴堂大红印的大庸地方催款委员的委任令，居然就被他弄到手，第四天，便带了个随从，坐了三顶拐轿子出发了。

过了二十一天，顾问押解捐款缴师部时，已经变成二千块大洋钱的资产阶级了。除了点缀各方面四百块，孝敬参谋长太太五百块，还足巴巴剩下光洋一千一百块压在箱子里。妇人见城里屋价高涨，旁人争起了新房子，便劝丈夫买块地皮，盖几栋茅草顶的房子，除自己住不花钱，还可以将它分租出去，收二十元月租作家中零用。顾问满口应允，说是即刻托药店老板看地方，什么方向旺些就买下来。但他心里可又记着老《申报》，因为报上说及一件出口货还在涨价，他以为应当不告旁人，自己秘密地来干一下。他想收水银，使箱子里二十二封银钱，全变成流动东西。

上衙门去看报，研究欧洲局势，推测水银价值，好相机行事。师长花厅里牌桌边，军法长吃酒多患了头痛，不能陪师长打牌了，三缺一正少了个角色。军需长知道顾问这一次出差弄了多少，就提议要顾问来填角。没有现款，答应为垫两百借款。

师长口上虽说"不要作孽，不要作孽"，可是到后仍然让这顾问上了桌子。当顾问官把衣袖一卷坐上桌子时，这一来，当地一个"知识阶级"暂时就失踪了。

1935 年 4 月 26 日作

新 与 旧

光绪某年。

日头黄浓浓晒满了小县城教场坪，坪里有人跑马。演武厅前面还有许多身穿各式号衣的人，在练习十八般武艺。到霜降时节，道尹必循例验操，整顿部伍，执行升降赏罚，因此直属辰沅永靖兵备道各部队都加紧练习，准备过考。演武厅前马扎子上坐的是游击千总同教官，一面喝盖碗茶，一面照红册子点名。每个兵士都有机会选取合手行头，单个儿或配对子舞一会刀枪，驰马尽马匹入跑道后，纵辔奔驰，真个是来去如风。人在马上显本事，便用长矛杀球，或回身射箭，百步穿杨，看本领如何，博取彩声和嘲笑。

战兵杨金标，名分直属苗防屯务处第二队。这战兵在马上杀了一阵球，又到演武厅来找对手玩"双刀破牌"。执刀的虽来势显得异常威猛，他却拿着两个牛皮盾牌，在地上滚来滚去，真像刀扎不着，水泼不进。相打到十分热闹时，忽然一个穿红号褂子传令兵赶来，站在滴水檐前传话：

"杨金标，杨金标，衙门里有公事，午时三刻过西门外听候使唤！"

战兵听到使唤，故意卖了关子，向地上一跌，算是被对手砍倒了，赶忙抛下盾牌过去回话。传令兵走后，这战兵到马门边歇憩，大家一窝蜂拥过去，都知道今天中午有案件要办，到时就得过西门外去砍一个人的头。原来这人一面在教场坪营房里混事，一面在城里大衙门当差，不止马上平地有好本领，还是一个当地最优秀的刽子手。

吃过饭后，这战兵身穿双盘云青号褂，包一块绉丝帕头，带了他那把尺来长的鬼头刀，便过西门外等候差事。到晌午时，城中一连响了三个小猪仔炮，不多久，一队人马就拥来了一个被吓得痴痴呆呆的汉子，面西跪在大坪中央，听候发落。这战兵把鬼头刀藏在手拐子后，走过凉棚公案边去向监斩官打了个千，请示旨意。得到许可，走近罪犯身后，稍稍估量，手拐子向犯人后颈窝一擦，发出个木然的钝声，那汉子头便落地了。军民人等齐声喝彩——对于这独传拐子刀法喝彩！这战兵还有事作，不顾一切，低下头直向城隍庙跑去。

到了城隍庙，照规矩在菩萨面前磕了三个响头，赶忙躲藏到神前香案下去，不作一声，等候下文。

过一会儿，县太爷也照规矩带领差役，鸣锣开道前来进香。上完香，一个跑风的探子，急匆匆地从外边跑来，跪下回事："禀告太爷，西门城外小河边有一平民被杀，尸首异处，流血遍地，凶手去向不明。"

县太爷虽明明白白在斛前一时，还亲手抹朱勒了一个斩条，这时节照习惯却俨然吃了一惊，装成毫不知情的神气，把惊堂木一拍，用京腔大声说："青天白日之下，有这等事，还了得！"

即刻差派员役城厢各处搜索，且限令出差人员，即刻把人犯捉来。又令人排好公案，预备人犯来时在神前审讯。那作刽子手的战兵，估计太爷已坐好堂，赶忙从神桌下爬出，跪在太爷面前请罪。禀告履历籍贯，声明西门城外那人是他杀的，有一把杀人血刀呈案作证。

县太爷于是再把惊堂木一拍，装模作样地打起官腔来问案。刽子手一面对杀人事加以种种分辩，一面就叩头请求太爷开恩。到结果，太爷于是连拍惊堂木，喝叫差役"与我重责这无知乡愚四十红棍"！差役把刽子手揪住，按在冷冰冰方砖地上，"一五一十"、"十五二十"那么打了八下，面对太爷禀告棍责已毕。一名衙役把个小包封递给县太爷，县太爷又将它向刽子手身边搁去。刽子手捞着了赏号，一面叩头谢恩，一面口上不住颂扬"青天大人禄位高升"。等到一切应有手续当着城隍爷爷面前办理清楚后，县太爷便打道回衙去了。

这是边疆僻地种族压迫各种方式中之一种。

一场悲剧必须如此安排，正符合了"官场即是戏场"的俗话，也有理由。法律同宗教仪式联合，即产生一个戏剧场面，且可达到那种与戏剧相同的快乐目的。原因是边疆僻地的统治，本由人神合作，必在合作情形下方能统治下去。即如这样一件事情，当地市民同刽子手，也就把它看得十分慎重。尤其是那四十下杀威棍，对于一个刽子手似乎更有意义。统治者必使市民得一印象，即使是官家服务的刽子手，杀人也有罪过，对死者负了点责任。然而这罪过却由神作证，用四十带象征性的杀威棍责可以禳除。这件事既已成为当地习惯，自然会好好地保存下来，直到社会一切组织崩溃改革时为止。

刽子手砍下一个无辜人头，便可得三钱二分银子。领下赏号的战兵，回转营上时必打酒买肉，邀请队中兄弟同吃同喝，且和众人讨论刀法，讨论一个人挨那一刀前后的种种，并摹拟先前一时与县正堂在城隍庙里打官话的腔调取乐。

——战兵杨金标，你岂不闻王子犯法，应与庶民同罪？一个战
兵，胆敢在青天白日之下，持刀杀人！

——青天大人容禀……

——鬼神在上，为我好好招来！

——青天大人容禀……

于是喊一声打，众人便揪成一团，用筷头乱打乱砍起来。

战兵年纪正二十四岁，还是个光身汉子，体魄健康，生活自由
自在，手面子又好，一切皆来得干得；对于未来的日子，便怀了种
种光荣的幻想。"万丈高楼从地起"，同队人也觉得这家伙将来不可
小觑。

民国十八年。

时代有了变化，宣统皇帝的江山，被革命党推翻了。前清时当
地著名的刽子手，一口气用拐子刀团团转砍六个人头不连皮带肉所
造成的奇迹也不会再有了。时代一变化，"朝廷"改称"政府"，当
地统治人民方式更加残酷，这个小地方毙人时常是十个八个。因此
一来，任你怎么英雄好汉，切胡瓜也没那么好本领干得下。被除的
全用枪毙代替斩首，于是杨金标变成了一个把守北门城上闩下锁的

老士兵。他的光荣时代已经过去，全城人在寒暑交替中，把这个人同这个人的事业慢慢地完全忘掉了。

他年纪已六十岁，独身住在城门边一个小屋里。墙板上还挂了两具牛皮盾牌、一副虎头双钩、一枝广式土枪、一对护手刀，全套帮助他对于他那个时代那份事业倾心的宝贝。另外还有两根钓竿、一个鱼叉、一个鱼捞兜，专为钓鱼用的。一个葫芦，常常有半葫芦烧酒。至于那把杀人宝刀，却挂在枕头前壁上。（三十年前每当衙门里要杀人时，据说那把刀先一天就会来个预兆。一入了民国，这刀子既无用处，预兆也没有了。）这把宝刀直到如今一拉出鞘时，还寒光逼人，好像尚不甘心自弃的样子。刀口上还留下许多半圆形血痕，刮磨不去。老战兵日里无事，就拿了它到城上去，坐在炮台头那尊废铜炮身上，一面晒太阳取暖，一面摩挲它，赏玩它；兴致好时也舞那么几下。

城楼上另外还驻扎了一排正规兵士，担负守城责任。全城兵士早已改成新式编制。老战兵却仍然用那个战兵名义，每到月底就过苗防屯务处去领取一两八钱银子，同一张老式粮食券。银子作价折钱，粮食券凭券换八斗四升毛谷子。他的职务是早晚开闭城门，亲自动手上闩下锁。

他会喝一杯酒，因此常到杨屠户案桌边去谈谈，吃猪脊髓氽汤下酒。到沙回回屠案边走一趟，带一个羊头或一副羊肚子回家。他懂得点药性，因此什么人生疱生疮托他找药，他必很高兴出城去为人采药。他会钓鱼，也常常一个人出城到碾坝上长潭边去钓鱼，把鱼钓回来焖好，就端钵头到城楼上守城兵士伙里吃喝，大吼几声"五魁""八马"。

大六月三伏天，一切地方热得同蒸笼一样，他却躺在城楼上透风处打鼾。兵士们打拳练国术，弄得他心痒手痒时，便也拿了那个古董盾牌，一个人在城上演"夺槊"、"砍拐子马"等等老玩意儿。

城下是一条长河，每天有无数妇人从城中背了竹笼出城洗衣，各蹲在河岸边，扬起木杵捣衣；或高卷裤管，露出个白白的脚肚子，站在流水中冲洗棉纱。河上游一点有一列过河的跳石，横亘河中，同条蜈蚣一样。凡从苗乡来作买卖的，下乡催租的，上城算命的，割马草的，贩鱼秧的，跑差的，收粪的，连续不断从跳石上通过，终日不息。对河一片菜园，全是苗人的产业，绿油油的菜圃，分成若干整齐的方块，非常美观。菜园尽头就是一段山冈，树木郁郁苍苍。有两条大路，一条翻山走去，一条沿河上行，都进逼苗乡。

城脚边有个小小空地，是当地卖柴卖草交易处，因此有牛杂碎摊子，有粑粑江米酒摊子。并且还有几个打铁的架棚砌炉作生意，打造各式镰刀、砍柴刀以及黄鳝尾小刀，专和乡下来城的卖柴卖草人作生意。

老战兵若不往长潭钓鱼，不过杨屠户处喝酒，就坐在城头那尊废铜炮上看人来往。或把脸掉向城里，可望见一个小学校的操坪同课堂。那学校为一对青年夫妇主持，或上堂，或在操坪里玩，城头上全望得清清楚楚。小学生好像很欢喜他们的先生，先生也很欢喜学生。那个女先生间或把他们带上城头来玩，见到老战兵盾牌，女的就请老战兵舞盾牌给学生看。（学生对于那个用牛皮作成绘有老虎眉眼的盾牌，充满惊奇与欢喜，这些小学生知道了这个盾牌后，上学下学一个个悄悄地跑到老战兵家里来看盾牌，也是常有的事。）有时小学生在坪子里踢球，老战兵若在城上，必大声呐喊给输家"打气"。

有一天，又是一个霜降节前，老战兵大清早起来，看看天气很好，许多人家都依照当地习惯大扫除，老战兵也来一个全家大扫除，卷起两只衣袖，头上包了块花布帕子，把所有家业搬出屋外，下河去提了好些水来将家中板壁一一洗刷。工作得正好时，守城排长忽然走来，要他拿了那把短刀赶快上衙门里去，衙门里人找他有要紧事。

他到了衙署，一个挂红带子的值日副官，问了他几句话后，要他拉出刀来看了一下，就吩咐他赶快到西门外去。

一切那么匆促那么乱，老战兵简直以为是在梦里。正觉得人在梦里，他一切也就含含糊糊，不能加以追问，便当真跑到西门外去。到了那儿一看，没有公案，没有席棚，看热闹的人一个也没有。除了几只狗在敞坪里相咬以外，只有个染坊中人，挑了一担白布，在干牛屎堆旁歇憩。一切全不像就要杀人的情形。看看天，天上白日朗朗，一只喜鹊正曳着长尾喳喳喳喳从头上飞过去。

　　老战兵想："这年代还杀人，真是做梦吗？"

　　敞坪过去一点有条小小溪流，几个小学生正在水中拾石头捉虾子玩，各把书包搁在干牛粪堆上。老战兵一看，全是北门里小学校的学生，走过去同他们说话。

　　"还不赶快走，这里要杀人了！"

　　几个小孩子一齐抬起头来笑着，"什么，要杀谁？谁告诉你的？"

　　老战兵心想："真是做梦吗？"看看那染坊晒布的正想把白布在坪中摊开，老战兵又去同他说话。

　　"染匠师傅，你把布拿开，不要在这里晒布，这里就要杀人！"

　　染匠师傅同小学生一样，毫不在意，且同样笑笑地问道：

　　"杀什么人？你怎么知道。"

　　老战兵心想："当真是梦么？今天杀谁，我怎么知道？当真是梦，我见谁就杀谁。"

正预备回城里去看看，还不到城门边，只听得有喇叭吹冲锋号，当真要杀人了。队伍已出城，一转弯就快到了。老战兵迷迷糊糊赶忙向坪子中央跑去。一会子队伍到了地，匆促而沉默地散开成一大圈，各人皆举起枪来向外作预备放姿势。果然有两个年纪轻轻的人被绑着跪在坪子里，并且一个是男人，一个是女人，脸色白僵僵的。一瞥之下，这两个人脸孔都似乎很熟悉，匆遽间想不起这两人如此面善的理由。一个骑马的官员，手持令箭在圈子外土皀下监斩。老战兵还以为是梦，迷迷糊糊走过去向监斩官请示。另外一个兵士，却拖他的手，"老家伙，一刀一个，赶快赶快！"

他便走到人犯身边去，嚓嚓两下，两颗头颅都落了地。见了喷出的血，他觉得这梦快要完结了，一种习惯的力量使他记起三十年前的老规矩，头也不回，拔脚就跑。跑到城隍庙，正有一群妇女在那里敬神，庙祝哗哗地摇着签筒。老战兵不管如何，一冲进来趴在地下就只是磕头，且向神桌下钻去。庙里人见着那么一个人，手执一把血淋淋的大刀，以为不是谋杀犯，就是杀老婆的疯子，吓得要命，忙跑到大街上去喊叫街坊。

一会儿，从法场上追来的人也赶到了，同大街上的闲人七嘴八舌一说，都知道他是守北门城的老头子，都知道他杀了人，且同时断定他已发了疯。原来城隍庙的老庙祝早已死了，本城人年长的也早已死尽了，谁也不注意到这个老规矩，谁也不知道当地有这个老规矩了。

人既然已发疯，手中又拿了那么一把凶器，谁进庙里去说不定谁就得挨那么一刀，于是大家把庙门即刻倒扣起来，想办法准备捕捉疯子。

老战兵躲在神桌下，只听得外面人声杂乱，究竟是什么原因，完全弄不明白。等了许久，不见县知事到来，心里极乱，又不知走出去好还是不走出去好。

再过一会儿，听到庙门外有人拉枪机柄，子弹上了红槽。又听到一个很熟悉的妇人声音说："进去不得，进去不得，他有一把刀！"接着就是那个副官声音："不要怕，不要怕，我们有枪！一见这疯子，尽管开枪打死他！"

老战兵心中又急又乱，不知如何是好，只是迷迷糊糊地想："这真是个怕人的梦！"

接着就有人开了庙门，在门前大声喝着，却不进来。且依旧扳动枪机，俨然即刻就要开枪的神气。许多熟人的声音也听得很分明。其中还有一个皮匠说话。

又听那副官说："进去！打死这疯子！"

老战兵急了，大声嚷着："嗨嗨，城隍老爷，这是怎么的！这是怎么的!"外边人正嚷闹着,似乎谁也不听见这些话。

门外兵士虽吵吵闹闹,谁都是性命一条,谁也不敢冒险当先闯进庙中去。

人丛中忽然不知谁个厉声喊道:"疯子,把刀丢出来,不然我们就开枪了!"

老战兵想:"这不成,这梦做下去实在怕人!"他不愿意在梦里被乱枪打死。他实在受不住了,接着那把刀果然唧的一声响抛到阶沿上去了。一个兵士冒着大险抢步而前,把刀捡起。其余人众见凶器已得,不足畏惧,齐向庙中一拥而进。

老战兵于是被人捉住,糊糊涂涂痛打了一顿,且被五花大绑起来吊在廊柱上。他看看远近围绕在身边像有好几百人,自己还是不明白做了些什么错事,为什么人家把他当疯子,且不知等会儿有什么结果。眼前一切已证明不是梦,那么刚才杀人的事也应当是真事了。多年以来本地就不杀人,那么自己当真疯了吗?一切疑问在脑子里转着,终究弄不出个头绪。有个人闪不知从老战兵背后倾了一桶脏水,从头到脚都被脏水淋透。大家哄然大笑起来。老战兵又惊又气,回头一看,原来捉弄他的正是本城卖臭豆豉的王跛子,倒了水还正咧着嘴得意哩。老战兵十分愤怒,破口大骂:"王五,你个狗禽的,今天你也来欺侮老祖宗!"

大家又哄然笑将起来。副官听他的说话，认为这疯子被水浇醒，已不再痰迷心窍了，才走近他身边，问他为什么杀了人，就发疯跑到城隍庙里来，究竟见了什么鬼，撞了什么邪气。

"为什么？你不明白规矩？你们叫我办案，办了案我照规矩来自首。你们一群人追来，要枪毙我，差点儿我不被乱枪打死！你们做得好，做得好，把我当疯子！你们就是一群鬼。还有什么鬼？我问你！"

当地军部玩新花样，处决两个共产党，不用枪决，来一个非常手段，要守城门的老刽子手把两个人斩首示众。可是老战兵却不明白衙门为什么要他去杀那两个年轻人。那一对被杀头的，原来就是北门里小学校两个小学教员。

小学校接事的还不来，北门城管锁钥的职务就出了缺——老战兵死了。全县城军民各界，于是流行着那个"最后一个刽子手"的笑话，无人不知。并且还依然传说，那家伙是痰迷心窍白日见鬼吓死的。

1930 年作于北京

贵　生

　　贵生在溪沟边磨他那把镰刀，锋口磨得亮堂堂的。手试一试刀锋后，又向水里随意砍了几下。秋天来溪水清个透亮，活活地流，许多小虾子脚攀着一根草，在浅水里游荡，有时又躬着个身子一弹，远远地弹去，好像很快乐。贵生看到这个也很快乐。天气极好，正是城市里风雅人所说"秋高气爽"的季节；贵生的镰刀如用得其法，也就可以过一个有鱼有肉的好冬天。秋天来，遍山土坎上芭茅草开着白花，在微风里轻轻地摇，都仿佛向人招手似的说："来，割我，有力气的大哥，趁天气好磨快了你的刀，快来割我，挑进城里去，八百钱一担，换半斤盐好，换一斤肉也好，随你的意！"贵生知道这些好处。并且知道十担草就能够换个猪头，揉四两盐腌起来，十天半月后，那对猪耳朵，也够下酒两三次！一个月前打谷子时，各家田里放水，人人用鸡笼在田里罩肥鲤鱼，贵生却磨快了他的镰刀，点上火把，半夜里一个人在溪沟里砍了十来条大鲤鱼，全用盐揉了，挂在灶头用柴烟熏得干干的。现在磨刀，就准备割草，挑上城去换年货，正像俗话说的：两手一肩，快乐神仙。村子里住的人，因几年来城里东西样样贵，生活已大不如从前。可是一个单身汉子，年富力强，遇事肯动手，平时又不胡来乱为，过日子总还容易。

贵生住的地方离大城二十里，离张五老爷围子两三里。五老爷是当地财主员外，近边山坡田地大部分归五老爷管业，所以做田种地的人都和五老爷有点关系。五老爷要贵生做长工，贵生以为做长工不是住围子就得守山，行动受管束，不愿意。自己用镰刀砍竹子，剥树皮，搬石头，在一个小土坡下，去溪水不远处，借五老爷土地砌了一幢小房子，帮五老爷看守两个种桐子的山坡，作为借地住家的交换，住下来他砍柴割草为生。春秋二季农事当忙时，有人要短工帮忙，他邻近五里无处不去帮忙（食量抵两个人，气力也抵两个人）。逢年过节村子里头行人捐钱扎龙灯上城去比赛，他必在龙头前斗宝，把个红布绣球舞得一团火似的，受人喝彩。春秋二季答谢土地，村中人合伙唱戏，他扮王大娘补缸匠，卖柴笆的程咬金。他欢喜喝一杯酒，可不同人酗酒打架。他会下盘棋，可不像许多人那样变棋迷。间或也说句笑话，可从不用口角伤人。为人稍微有点子戆劲，可不至于出傻相。虽是个干穷人，可穷得极硬朗自重。有时到围子里去，五老爷送他一件衣服，一条裤子，或半斤盐，白受人财物他心中不安，必在另外一时带点东西去补偿。他常常进城去卖柴卖草，就把钱换点应用东西。城里住着个五十岁的老舅舅，给大户人家作厨子，不常往来，两人倒很要好。进城看望舅舅时，他照例带点礼物，不是一袋胡桃、一袋栗子，就是一只山上装套捕住的黄鼠狼，或是一只野鸡。到城里有时住在舅舅处，那舅舅晚上无事，必带他上河沿天后宫去看夜戏，消夜时还请他吃一碗牛肉面。

在乡下，远近几里村子上的人，都和他相熟，都欢喜他。他却乐意到离住处不远桥头一个小生意人铺子里去。那开杂货铺的老板是沅水中游浦市人，本来飘乡作生意。每月一次挑货物到各个村子里去和乡下人做买卖，吃的用的全卖。到后来看中了那个桥头，知道官路上往来人多，与其从城里打了货四乡跑，还不如在桥头安个家，一面作各乡生意，一面搭个亭子给过路人歇脚，就近作过路人买卖。因此就在桥头安了家。住处一定，把老婆和一个十三岁的小女孩也接来了。浦市人本来为人和气，加之几年来与附近各村子各大围子都有往来，如今来在桥头开铺子，生意发达是很自然的。那老婆照浦市人中年妇女打扮，头上长年裹一块长长的黑色绸绸首帕，把眉毛拔得细细的。一张口甜甜的，见男的必称大哥，女的称嫂子，待人特别殷勤。因此不到半年，桥头铺子不特成为乡下人买东西地方，并且也成为乡下人谈天歇息地方了。夏天桥头有三株大青树，特别凉爽，无事躺到树下睡睡，风吹得一身舒泰。冬天铺子里土地上烧的是大树根和油枯饼，火光熊熊——真可谓无往不宜。

贵生和铺子里人大小都合得来，手脚又勤快，几年来，那杂货铺老板娘待他很好，他对那个女儿也很好。山上多的是野生瓜果，栗子、榛子不出奇，三月里他给她摘大莓，六月里送她地枇杷，八九月里还有出名当地、样子像干海参、瓤白如玉如雪的八月瓜，尤其逗那女孩子欢喜。女孩子名叫金凤。那老板娘一年前因为回浦市去吃喜酒，害蛇钻心病死掉了，随后杂货铺补充了个毛伙，全身无毛病，只因为性情活跳，取名叫做"癫子"。

贵生不知为什么总不大欢喜那癫子，两人谈话常常顶板，癫子却老是对他嘻嘻笑。贵生说："癫子，你若在城里，你是流氓；你若在书上，你是奸臣。"癫子还对他笑。贵生不欢喜癫子，那原因谁也不明白，杂货铺老板倒知道，因为贵生怕癫子招郎上门，从帮手改成驸马。

贵生其时正在溪水边想癫子会不会作"卖油郎"，围子里有人带口信来，说五爷要贵生去看看南山坡的桐子熟了没有，看过后去围子里回话。

贵生听了信，即刻去山上看桐子。

贵生上了山，山上泥土松松的。树根蓬草间，到处有秋虫鸣叫。一下脚，大而黑的油蛐蛐，小头尖尾的金铃子各处乱蹦。几个山头看了一下，只见每株树枝都被饱满坚实的桐木油果压得弯弯的；好些已落了地，山脚草里到处都是。因为一个土塍上有一片长藤，上面结了许多颜色乌黑的东西，一群山喜鹊喳喳地叫着，知道八月瓜已成熟了，赶忙跑过去。山喜鹊见人来就飞散了。贵生把藤上八月瓜全摘下来，装了半斗笠，带回去打量捎给桥头金凤吃。

贵生看过桐子回到家里，晚半天天气还早，就往围子去禀告五爷。

到围子时，见院子里搁了一顶轿子，几个脚夫正闭着眼蹲在石碌磕上吸旱烟管。贵生一看知道城里来了人，转身往仓房去找鸭毛伯伯。鸭毛伯伯是五老爷围子里老长工，每天坐在仓房边打草鞋。仓房不见人，又转往厨房去，才见着鸭毛伯伯正在小桌边同几个城里来的年轻伙子坐席，用大提子从黑色瓮缸里舀取烧酒，煎干鱼下酒。见贵生来就邀他坐下，参加他们的吃喝。原来新到围子的是四爷，刚从河南任上回城，赶来看五爷，过几天又得往河南去。几个人正谈到五爷和四爷在任上的种种有趣故事。

一个从城里来的小秃头，老军务神气，一面笑一面说：

"人说我们四老爷实缺骑兵旅长是他自己玩掉的。一个人爱玩，衣禄上有一笔账目，不玩见阎罗王销不了账，死后来生还是玩。上年军队扎在汝南，一个月佃玩了八个，把那地方尖子货全用过了，还说：'这是什么鬼地方，女人都是尿脬做成的，要不得。一身白得像灰面，松塌塌的，一点儿无意思，还装模作态，这样那样。'你猜猜他花多少钱？四十块一夜，除王八外快不算数。你说，年轻人出外胡闹不得，我问佽，你我哥子们想胡闹，成不成？一个月七块六，伙食三块三除外还剩多少？不剃头，不洗衣，留下钱来一年还不够玩一次，我的伯伯，你就让我胡闹，我从哪里闹起！"

　　另一高个儿将爷说：

　　"五爷人倒好，这门路不像四爷乱花钱。玩也玩得有分寸，一百八十随手撒，总还定个数目。"

　　鸭毛伯伯说：

　　"牛肉炒韭菜，各人心里爱。我们五爷花姑娘弄不了他的钱，花骨头可迷住了他。往年同老太太在城里住，一夜输二万八，头家跟五爷上门来取话。老太太爱面子，怕五爷丢丑，以后见不得人，临时要我们从窖里挖银子，元宝一对一对刨出来，点数给头家。还清了债，笑着向五爷说：'上当学乖，下不为例。手气不好，莫下注给人当活元宝啃，说张家出报应！'"

"别人说老太太是怄气病死的。"

"可不是！花三万块钱挣了一个大面子，再有涵养也不能不心疼！明明白白五爷上了人的当，哑子吃黄连，怎不生气？一包气闷在心中，病了四十天，完了，死了。"

"可是五爷为人有孝心，老太太死时，他办丧事做了七七四十九天道场，花了一万六千块钱，谁不知道这件事！都说老太太心好命好，活时享受不尽，死后还带了万千元宝锞子，四十个丫头老妈子照管箱笼，服侍她老人家一路往西天，热闹得比段老太太出丧还人多，执事挽联一里路长。有个孝子尽孝，死而无憾。"

鸭毛伯伯说：

"五爷怕人笑话，所以做面子给人看。因为老太太生前爱面子，五爷又是过房的，一过来就接收偌大一笔产业。老太太如今归天了，五爷花钱再多也应该。花了钱，不特老太太有面子，五爷也有面子。人都以为五爷傻，他才真不傻！若不是花骨头迷心，他有什么可愁的！"

"不多久，在城里听说又输了五千。后来想冲一冲晦气，要在潇湘馆给那南花湘妃挂衣，六百块钱包办一切，还是四爷帮他同那老婊子办好交涉的。不知为什么，五爷自己临时又变卦，去美孚洋行打那三拾一的字牌，一夜又输八百。六百给那'花王'开苞他不干，倒花八百去熬一夜，坐一夜三顶拐轿子，完事时让人开玩笑说：'谢谢五爷送礼。'真气坏了四爷。"

"花脚狗不是白面猫，这些人都各有各的脾气。银子到手哗啦哗啦花，你说莫花，这哪成！这些人一事不作偏偏就有钱，钱财像命里带来的。命里注定它要来，门板挡不住；命里注定它要去，索子链子缚不住。王皮匠捡了锭银子，睡时搂在怀里睡，醒来银子变泥巴。你说怪不怪？你我是穷人，和什么都无缘，就只和酒有点缘分。我们喝完了这碗酒，再喝一碗吧。贵生，同我们喝一碗，都是哥子弟兄，不要拘拘泥泥。"

贵生不想喝酒，捧了一大包板栗子，到灶边去，把栗子放在热灰里煨栗子吃。且告给鸭毛伯伯，五爷要他上山看桐子，今年桐子特别好，过三天就是白露，要打桐子也是时候了。哪一天打，定下日子，他好去帮忙。看五爷还有没有话吩咐，无话吩咐，他回家了。

鸭毛伯伯去见五爷禀白："溪口的贵生已经看过了桐子，山向阳，今年霜降又早，桷子全熟了，要捡桐子差不多了。贵生看五爷还有什么话吩咐。"

五爷正同城里来的四爷谈卜术相术，说到城里中街一个杨半痴，如何用哲学眼光推人流年吉凶和命根贵贱，五爷说得眉飞色舞，听说贵生来了，就要鸭毛叫贵生进来有话说。

贵生进院子里时，担心把五爷地板弄脏，赶忙脱了草鞋，赤着脚去见五爷。

五爷说："贵生，你看过了我们南山桐子吗？今年桐子好得很，城里油行涨了价，挂牌二十二两三钱，上海汉口洋行都大进。报上说欧洲整顿海军，预备世界大战，买桐油油大战舰，要的油多。洋毛子欢喜充面子，不管国家穷富，军备总不愿落人后。仗让他们打，我们中国可以大发洋财！"

贵生一点不懂五爷说话的意思，只是带着一点敬畏之忧站在堂屋角上。

鸭毛伯伯说："五爷，我们什么时候打桐子？"

五爷笑着："要发洋财得赶快，外国人既然等着我们中国桐油油船打仗，还不赶快一点？明天打后天打都好。我要自己去看看，就便和四爷打两只小毛兔玩。贵生，今年山上兔子多不多？趁天气好，明天去吧。"

贵生说："五爷，您老说明天就明天，我家里烧了茶水，等四爷、五爷累了歇个脚。没有事我就走了。"

五爷说："你回去吧。鸭毛，送他一斤盐、两斤片糖，让他回家。"

贵生谢了谢五爷，正转身想走出去，四爷忽插口说："贵生，你成了亲没有？"一句话把贵生问得不知如何回答，望着这退职军官私欲过度的瘦脸，把头摇着，只是好笑。他想起几句流行的话语："婆娘婆娘，磨人大王，磨到三年，嘴尖尾巴长。"

鸭毛接口说："我们劝他看一门亲事，他怕被人迷住了，不敢办这件事。"

四爷说："贵生，你怕什么？女人有什么可怕？你那样子也不是怕老婆的。我和你说，看中了什么人，尽管把她弄进屋里来。家里有个婆娘，对你有好处，你不明白？尽管试试看，不用怕。"

贵生因为记起刚才在厨房里几个人的谈话，所以轻轻地说："一个人有一个人的衣禄，勉强不来。"随即同鸭毛走了。

四爷向五爷笑着说："五爷，贵生相貌不错，你说是不是？"

五爷说："一个大憨子，讨老婆进屋，我恐怕他还不会和老婆做戏！"

贵生拿了糖和盐回家，绕了点路过桥头杂货铺去看看。到桥头才知道当家的已进城办货去了，只剩下金凤坐在酒坛边纳鞋底，见了贵生，很有情致地含着笑看了他一眼，表示欢迎。贵生有点不大自然，站在柜前摸出烟管打火镰吸烟，借此表示从容，"当家的快回来了？"

金凤说:"贵生,你也上城了吧,手里拿的是什么?"

"一斤盐,两斤糖,五老爷送我的。我到围子里去告他们打桐子。"

"你五老爷待人可好?"

"城里四老爷也来了,还说明天要来山上打兔子。"贵生想起四爷先前说的一番话,咕咕地笑将起来。

金凤不知什么好笑,问贵生:"四爷是个什么样人物?"

"一个大军官,听说做过军长、司令官。一生就是欢喜玩,把官也玩掉了。"

"有钱的总是这样过日子,做官的和开铺子的都一样。我们浦市源昌老板,十个大木簰从洪江放到桃源县,一个夜里这些木簰就完了。"

贵生知道这是个老故事,所以说:"都是女人。"

金凤脸绯红,向贵生瞅着,表示抗议:"怎么,都是女人!你见过多少女人!女人也有好有坏,和你们男子一样,不可一概而论!"

"我不是说你!"

"你们男子才真坏!什么四老爷、五老爷,有钱就是大王,糟蹋人,不当数。"

其时，正有三个过路人，过了桥头到铺子前草棚下，把担子从肩上卸下来，取火吸烟，看有什么东西可吃。买了一碗酒，三人共同用包谷花下酒。贵生预备把话和金凤接下去，不知如何说好。三个人不即走路，他就到桥下去洗手洗脚。过一阵走上来时，见三人正预备动身，其中一个顶年轻的，打扮得像个玩家，很多情似的，向金凤瞟着个眼睛，只是笑。掏钱时故意露出衣下扣花抱肚上那条大银链子，并且自言自语说："银子千千万，难买一颗心。易求无价宝，难得有情郎。"话是有意说给金凤听的。三人走后，金凤低下头坐在酒坛上出神，一句话不说。贵生想把先前未完的话继续说下去，无从开口。

　　到后看天气很好，方说："金凤，你要栗子，这几天山上油板栗全爆了口。我前天装了个套机，早上去看，一只松鼠正拱起个身子，在那木板上嚼栗子吃，见我来了不慌不忙地一溜跑去，真好笑。你明天去捡栗子吧，地下多的是!"

　　金凤不答理他，依然为刚才过路客人几句轻薄话生气，贵生不大明白，于是又说："你记不记得，有一年在我沙地上偷栗子，不是跑得快，我会打断你的手!"

　　金凤说："我记得我不跑。我不怕你!"

　　贵生说："你不怕我，我也不怕你!"

金凤笑着："现在你怕我。"

贵生好像懂得金凤话中的意思，向金凤眯眯笑，心里回答说："我一定不怕。"

毛伙割了一大担草回来了，一见贵生就叫唤："贵生，你不说上山割草吗？"

贵生不理会，却告给金凤，在山上找得一大堆八月瓜，她想要，明天自己到家去拿；因为明天打桐子，他得上山去帮忙，五爷、四爷又说要来赶兔子，恐怕没空闲。

贵生走后，毛伙说："金凤，这憨子，人大空心小，实在。"

金凤说："你莫乱说，他生气时会打扁你。"

毛伙说："这种人不会生气。我不是锡酒壶，打不扁。"

第二天，天一亮，贵生带了他的镰刀上山去。山脚雾气平铺，犹如展开一片白毯子，越拉越宽，也越拉越薄。远远地看到张家大围子嘉树成荫，几株老白果树向空挺立，更显得围子里正是家道兴旺。一切都像浮在云雾上头，缥缈而不固定。他想围子里的五爷、四爷，说不定还在睡觉做梦，梦里也是"五魁""八马""白板""红中"！

可是一会儿田塍上就有马项铃晃郎晃郎响，且闻人语嘈杂，原来五爷、四爷居然赶早都来了，贵生慌忙跑下坡去牵马。来的一共是十二个男女长工、四个跟随，还有几个围子里捡荒的小孩子。大家一到地，即刻就动起手来，从山顶上打起，有的爬树，有的在树下用竹竿巴巴地打，草里泥里到处滚着那种紫红果子。

四爷、五爷看了一会儿，也各捞着一根竹竿子打了几下，一会儿就厌烦了，要贵生引他们到家里去。家中灶头锅里的水已沸腾，鸭毛给四爷、五爷冲茶喝。四爷见屋角斗笠里那一堆八月瓜，拿起来只是笑。

"五爷，你瞧这像个什么东西？"

"四爷，你真是孤陋寡闻，八月瓜也不认识。"

"我怎么不认识？我说它简直像……"

贵生因为预备送八月瓜给金凤，耳听到四爷口中说了那么一句粗话，心里不自在，顺口说道：

"四爷、五爷欢喜，带回去吃吧。"

五爷取了一枚，放在热灰里煨了一会儿，捡出来剥去那层黑色硬壳，挖心吃了。四爷说那东西腻口甜不吃，却对于贵生家里一枝钓鱼竿称赞不已。

四爷因此从钓鱼谈起，溪里、河里、江里、海里以及北方芦田里钓鱼的方法如何不同，无不谈到。忽然一个年轻女人在篱笆边叫唤贵生，声音又清又脆。贵生赶忙跑出去，一会儿又进来，抱了那堆八月瓜走了。

四爷眼睛尖，从门边一眼瞥见了那女的白首帕，大而乌光的发鬏，问鸭毛"女人是谁"。鸭毛说："是桥头上卖杂货浦市人的女儿。内老板去年热天回娘家吃喜酒，在席面上害蛇钻心病死掉了，就只剩下这个小毛头，今年满十六岁，名叫金凤。其实真名字倒应当是'观音'！卖杂货的早已看中了贵生，又戆又强一个好帮手，将来会承继他的家业。贵生倒还拿不定主意，等风向转。真是白等。"

四爷说："老五，你真是宣统皇帝，住在紫禁城里傻吃傻喝，围子外民间疾苦什么都不知道。山清水秀的地方一定地贵人贤，为什么不……"

鸭毛搭口说："算命的说女人八字重，尅父母，压丈夫，所以人都不敢动她。贵生一定也怕尅。……"正说到这里，贵生回来了，脸庞红红的，想说一句话，可不知说什么好，只是搓手。

五爷说："贵生，你怕什么？"

贵生先不明白这句话意思所指，茫然答应说："我怕精怪。"

一句话引得大家笑将起来，贵生也不由己笑了。

几人带了两只瘦黄狗，去荒山上赶兔子，半天毫无所得。晌午时又回转贵生家过午。五爷问长工今年桐子收多少，知道比往年好，就告给鸭毛，分三担桐子给贵生酬劳，和四爷骑了马回围子去了。回去本不必从溪口过身，四爷却出主张，要五爷同他绕点路，到桥头去看看。在桥头杂货铺买了些吃食东西，和那生意人闲谈了好一阵。也好好地看了金凤儿眼，才转回围子。

回到围子里，四爷又嘲笑五爷，以为"在围子里作皇帝，真正是不知民间疾苦"。话有所指，五爷明白意思。

五爷说："四爷你真是，说不得一个人还从狗嘴里抢肉吃！"

四爷在五爷肩头打了一掌说："老五，别说了。我若是你，我就不像你，把一块靶羊肉绐狗吃。你不看见：眉毛长，眼睛光，一只画眉鸟，打雀儿"

五爷只是笑，再不说话。一个人有一个人的分定：五爷欢喜玩牌，自己老以为输牌不输理，每次失败只是牌运差，并非功夫不高。五爷笑四爷见不得女人，城市里大鱼大肉吃厌了，注意野味。

这方面发生的事情贵生自然全不知道。

贵生只知道今年多得了三担桐子，捡荒还可得两三担。家里有几担桐子沤在床底下，一个冬天夜里够消磨了。

日月交替，屋前屋后狗尾巴草都白了头在风里摇。大路旁刺梨一球球黄得像金子，早退尽了涩味，由酸转甜。贵生上城卖了十多回草，且卖了几篮刺梨给官药铺，算算日子，已是小阳春的十月了。

天气转暖了一点，溪边野桃树有开花的。杂货铺一到晚上，毛伙就地烧一个树根，火光熊熊，用意像在向邻近住户招手，欢迎到桥头来，大家向火谈天。在这时节畜生草料都上了垛，谷粮收了仓，红薯也落了窖，正好是大家休息休息的时候，所以日里晚上都有人在那里。天气好时晚上尤其热闹，因为间或还有告假回家的兵士，和猴子坪大桐岔贩朱砂的客人，到杂货铺来述说省里新闻，天上地下摆龙门阵，说来无不令众人神往意移。

贵生到那里，照例坐在火旁不大说话，一面听他们说话，一面间或瞟金凤一眼。眼光和金凤眼光相接时，血行就似乎快了许多。他也帮杜老板作点小事，也帮金凤作点小事。落了雨，铺子里他是唯一客人时，就默默地坐在火旁吸旱烟，听杜老板在美孚灯下打算盘滚账，点数余存的货物。贵生心中的算盘珠也扒来扒去，且数点自己的家私。他知道城里的油价好，二十五斤油可换六斤棉花，两斤板盐。他今年有好几担桐子，真是一注小财富！年底鱼呀肉呀全有了，就只差个人。有时候那老板把账结清后，无事可做，便从酒坛间找出一本红纸面的文明历书，来念那些附在历书下的"酬世大全"、"命相神数"。一排到金凤的八字，必说金凤八字怪，斤两重，不是"夫人"就是"犯人"，尅了娘不算过关，后来事情多。金凤听来只是抿着嘴笑。

或者正说起这类事，那杂货铺老板会突然向客人发问："贵生，你想不想成家？你要讨老婆，我帮你忙。"

贵生瞅着面前向上的火焰说："老板，你说真话假话？谁肯嫁我！"

"你要就有人。"

"我不相信。"

"谁相信天狗咬月亮？你尽管不信，到时天狗还是把月亮咬了，不由人不信。我和你说，山上竹雀要母雀，还自己唱歌去找。你得留点心，学'归桂红，归桂红'！'婆婆酒醉，婆婆酒醉归'！"

话把贵生引到路上来了，贵生心痒痒的，不知如何接口说下去，于是也学杜鹃叫了几声。

毛伙间或多插一句嘴，金凤必接口说："贵生，你莫听癫子的话，他乱说。他说会装套捉狸子，捉水獭，在屋后边装好套，反把我那只小花猫捉住了。"金凤说的虽是毛伙，事实却在用毛伙的话，岔开那杜掌柜提出的问题。

半夜后，贵生晃着个火把走回家去，一面走一面想：卖杂货的也在那里装套，捉女婿，不由得不咕咕笑将起来。一个存心装套，一个甘心上套，事情看来也就简单。困难不在人事在人心。贵生和一切乡下人差不多，心上多少也有那么一点儿迷信。女的脸儿红中带白，眉毛长，眼角向上飞，是个"尅"相；不尅别人得尅自己，到十八岁才过关！"金凤今年满十六岁"，因这点迷信，他稍稍退后了一步，杂货商人装的套不灵，不成功了。可是一切风总不会老向南吹，终有个转向时。

有天落雨，贵生留在家里搓了几条草绳子，扒开床下沤的桐子看看，已发热变黑，就倒了半箩桐子剥，一面剥桐子，一面却想他的心事。不知那一阵风吹换了方向，他忽然想起事情有点儿险。金凤长大了，心窍子开了，毛伙随时都可以变成金凤家的人。此外在官路上来往卖猪攀乡亲的浦市客人，上贵州省贩运黄牛收水银的辰州客人，都能言会说，又舍得花钱，在桥头过身，机会好，哪个见花不采？闪不知把女人拐走了，那才真是一个"莫奈何"！人总是人，要有个靠背，事情办好，大的小的就都有了靠背了。他想的自然简单一点，粗俗一点，但结论却得到了，就是热米打粑粑，一切得趁早，再耽误不得。风向真是吹对了。

他预备第二天上城去同那舅舅商量商量。

贵生进城去找他的舅舅。恰好那大户人家正办席面请客，另外请得有大厨师掌锅，舅舅当了二把手，在砧板上切腰花。他见舅舅事忙，就留在厨房帮同理葱剥豆子。到了晚上，把席面撤下时，已经将近二更，吃了饭就睡了。第二天那家主人又要办什么公公婆婆粥，桂圆莲子、鱼呀肉呀煮了一大锅，又忙了一整天，还是不便谈他的事情。第三天舅舅可累病了。贵生到测字摊去测个字，为舅舅拈的是一个"爽"字，自己拈了一个"回"字。测字的杨半仙说："人逢喜事精神爽，若问病，有喜事病就会好。"又说："回字喜字一半，吉字一半，可是言字也是一半。口舌多，要办的事赶早办好，迟了恐不成。"他觉得这个杨半仙话满有道理。

回到舅舅病床边时，就说他想成亲了，溪口那个卖杂货的女儿身家正派，为人贤惠，可以做他的媳妇。她帮他喂猪割草好，他帮她推磨打豆腐也好。只要好意思开口，可拿定七八成。掌柜的答应了，有一点钱就可以趁年底圆亲。多一个人吃饭，也多一人个补衣捏脚，有坏处，有好处，特意来和舅舅商量商量。

那舅舅听说有这种好事，岂有不快乐道理。他连年积下了二十块钱，正拿不定三意，不知道把它预先买副棺木好，还是买几只小猪托人喂好。一听外甥有意接媳妇，且将和卖杂货的女儿成对，当然一下就决定了主意，把钱"投资"到这件事上来了。

"你接亲要钱用，不必邀会，我帮你一点钱。"厨子起身把存款全部从床脚下砖土里掏出来后，就放在贵生手里，"你要用，你拿去用。将来养了儿子，有一个算我的小孙子，逢年过节烧三百钱纸，就成了。"

贵生吃吃地说："舅舅，我不要那么些钱，开铺子的不会收我财礼的！"

"怎么不要？他不要，你总得要。说不得一个穷光棍打虎吃风，没有吃时把裤带紧紧。你一个人草里泥里都过得去，两个人可不成！人都有个面子，讨老婆就得有本事养老婆，养孩子。不能靠桥头杜老板，让人说你吃裙带饭。钱拿去用，舅舅的就是你的！"

两人商量好了，贵生上街去办货物。买了两丈官青布、两丈白布、三斤粉条、一个猪头，又买了些香烛纸张，一共花了将近五块钱。东西办齐后，贵生高高兴兴带了东西回溪口。

出城时碰到两个围子里的长工，挑了箩筐进城，贵生问他们赶忙进城有什么要紧事。

一个长工说："五爷不知为什么心血来潮，派我们到城里'义胜和'去办货！好像接媳妇似的，开了好长一张单子，一来就是一大堆！"

贵生说："五爷也真是五爷，人好手松，做什么事都不想想。"

"真是的，好些事都不想想就做。"

"做好事就升天成佛，做坏事可教别人遭殃。"

长工见贵生办货不少，带笑说："贵生，你样子好像要还愿，莫非快要请我们吃喜酒了？"

另一个长工也说："贵生，你一定到城里发了洋财，买那么大一个猪头，会有十二斤吧？"

贵生知道两人是打趣他，半认真半说笑地回答道："不多不少，一个猪头三斤半，正预备焖好请哥们喝一杯！"

分手时一个长工又说："贵生，我看你脸上气色好，一定有喜事不说，瞒我们。这不成的！哥子兄弟在一起，不能瞒！"几句话把贵生说得心里轻轻松松的，只是笑嚷着："哪里，哪里，我才不会瞒人！"

贵生到晚上下了决心。去溪口桥头找杂货铺老板谈话。到那里才知道杜老板不在家，有事出门去了。问金凤父亲什么地方去了，什么时候回来，金凤却神气淡淡地说不知道。转问那毛伙，毛伙说老板到围子里去了，不知什么事情。贵生觉得情形有点怪，还以为也许两父女吵了嘴，老的斗气走了，所以金凤不大高兴。他依然坐在那条矮凳上，用脚去拨那地炕的热灰，取旱烟管吸烟。

毛伙忍不住忽然失口说："贵生，金凤快要坐花轿了！"

贵生以为是提到他的事情，眼瞅着金凤说："不是真事吧？"

金凤向毛伙盯了一眼："癫子，你胡言乱语，我缝你的嘴！"

毛伙萎了下来，向贵生憨笑着："当真缝了我的嘴，过几天要人吹唢呐可没人。"

贵生还以为金凤怕难为情，把话岔开说："金凤，我进城了，在我那舅舅处住了三天。"

金凤低着个头，神气索漠地说："城里可好玩！"

"我去城里有事情。我和我舅舅打商量，……"他不知怎么把话说下去好，于是转口向毛伙，"围子里五爷又办货要请客人，什么大事！"

"不止请客……"

毛伙正想说下去，金凤却借故要毛伙去瞧瞧那鸭子栅门关好了没有。

坐下来，总像是冰锅冷灶似的。杜老板很久还不回来，金凤说话要理不理。贵生看风头不大对，话不接头。默默地吹了几筒烟，只好走了。

回到家里从屋后搬了一个树根，捞了一把草，堆地上烧起来，捡了半箩桐子，在火边用小剜刀剥桐子。剥到深夜，总好像有东西咬他的心，可说不清楚是什么。

第二天正想到桥头去找杂货商人谈话，一个从围子里来的人告诉他说，围子里有酒吃，五爷纳宠，是桥头浦市人的女儿。已看好了日子，今晚进门，要大家煞黑前去帮忙，抬轿子接人！听到这消息，贵生好像头上被一个人重重地打了一闷棍，呆了半天，转不过气来。

那人走后，他还不大相信，一口气跑到桥头杂货铺去，只见杜老板正在柜台前低着头用红纸封赏号。

那杂货铺商人一眼见是贵生，笑眯眯地招呼他说："贵生，你到什么地方去了？好几天不见你，我们还以为你做薛仁贵当兵去了。"

贵生心想："我还要当土匪去！"

杂货铺商人又说："你进城好几天，看戏了吧？"

贵生站在外边大路上结结巴巴地说："大老板，大老板，我有句话和你说。听人说你家有喜事，是真的吧？"

杜老板举起那些小包封说："你看这个。"一面只是笑，事情不言而喻。

贵生听桥下有捶衣声，知道金凤在桥下洗衣，就走近桥栏杆边去，看见金凤头上孝已撤除，一条大而乌光辫子上簪了一朵小小红花，正低头捶衣。贵生说："金凤，你有大喜事，贺喜贺喜！"金凤头也不抬，停了捶衣，不声不响。贵生从神情上知道一切都是真的，自己的事情已完全吹了，完了。一切都完了。再说不出话。回到铺子里对那老板狠狠看了一眼，拔脚就走了。

晚半天，贵生依然到围子里去。

贵生到围子里时，见五老爷穿了件春绸薄棉袍子，外罩件宝蓝缎子夹马褂，正在院子里督促工人扎喜轿，神气异常高兴。五爷一见贵生就说："贵生，你来了，很好。吃了没有？厨房里去喝酒吧。"又说："你生庚属什么？属龙晚上帮我抬轿子，过溪口桥头上去接新人。属虎属猫就不用去，到时避一避，不要冲犯！"

贵生呆呆怯怯地说："我属虎，八月十五寅时生，犯双虎。"说后依然如平常无话可说时那么笑着，手脚无处放。看五爷分派人作事，扎轿杆的不当行，就走过去帮了一手忙。到后五爷又问他喝了没有，他不作声。鸭毛伯伯已换了一件新毛蓝布短衣，跑出来看轿子，见到贵生，就拉着他向厨房走。

厨房里有五六个长工坐在火旁矮板凳上喝酒，一面喝一面说笑。因为都是派定过溪口接亲的人，其中有个吹唢呐的，脸喝得红都都的，信口胡说："杜老板平时为人慷慨大方。到那里时一定请我们吃城里带来的嘉湖细点，还有包封。"

另一个长工说："我还欠他二百钱，记在水牌上，真怕见他。"

鸭毛伯伯接口打趣道："欠的账那当然免了，你抬轿子小心点就成了。"

一个毛胡子长工说："你们抬轿子，看她哭多远，过了大坳还像猫儿那么哭，要她莫哭了，就和她说：'大姐，你再哭，我就抬你回去！'她一定不敢再哭。"

"她还是哭你怎么样？"

"我们当真抬她回去。"

"将来怎么办？"

"再把她抬进围子里，可是不许她哭，要她哈哈大笑！"

"她不笑？"

"她不笑？我敢赌个手指头，她会笑的。"所有人都哄然大笑起来。

吹唢呐的会说笑话，随即说了一个新娘子三天回门的粗糙笑话，装成女子的声音向母亲诉苦："娘，娘，我以为嫁过去只是服侍公婆，承宗接祖，你哪想到小伙子人小心子坏，夜里不许我撒尿！"大家更大笑不止。

贵生不作声，咬着下唇，把手指骨捏了又捏，看定那红脸长鼻子，心想打那家伙一拳。不过手伸出去时，却端了土碗，咽嘟嘟喝了大半碗烧酒。

几个长工打赌，有的以为金凤今天不会哭，有的又说会哭，还说看那一双水汪汪的眼睛，就是个会哭的相。正乱着，院中另外那几个扎轿子的也来到厨房，人一多话更乱了。

贵生见人多话多，独自走到仓库边小屋子里去。见有只草鞋还未完工，就坐下来搓草编草鞋。心里实在有点儿乱，不知道怎么好。身边还有十六块钱，紧紧地压在腰板上。他无头无绪想起一些事情。三斤粉条、两丈官青布、一个猪头，有什么用？五斛桐子送到姚家油坊去打油，外国人大船大炮到海里打大仗，要的是桐油。卖纸客人挤眉弄眼，"易求无价宝，难得有情郎"，有情郎就来了。四老爷一个月玩八个辫子货，还说妇人身上白得像灰面，无一点意思。你们做官的，总是糟蹋人！

看看天已快夜了。

院子里人声嘈杂，吹唢呐的大约已经喝个六分醉，把唢呐从厨房吹起，一直吹到外边大院子里去。且听人喊燃火把，放炮，动身，两面铜锣当当地响着，好像在说："我们走，我们走，我们快走！"不一会儿，一队人马果然就出了围子向南走去了。去了许久还可听到接亲队伍在傍着小山坡边走去时那一点唢呐呜咽声音。贵生过厨房去看看，只见几个临时找来帮忙女人正在预备汤果。鸭毛伯伯见贵生就说："贵生，我还以为你也去了。帮我个忙，挑几担水吧。等会儿还要水用。"

贵生担起水桶一声不响走出去。院子里烧了几堆油柴，正屋里还点了蜡烛，挂了块红。住在围子里的佃户人家妇女小孩都站在院子里，等新人来看热闹。贵生挑水走捷径必从大门出进，却宁愿绕路，从后门走。到井边挑了七担水，看看水平了缸，才歇手过灶边去烘草鞋。

阴阳生排八字，女的属鼠，宜天断黑后进门。为免得和家中人冲犯，凡家中命分上属六猫小猫，到轿子进门时都得躲开。鸭毛伯伯本来应当去打发轿子接人的，既得回避，因此估计新人快要进围子时，就邀贵生往后面竹园子去看白菜萝卜，一面走一面谈话。

"贵生，一切真有个定数，勉强不来。看相的说邓通是饿死的相，皇帝不服气，送他一座铜山，让他自己造钱，到后还是饿死。城里王财主，原本挑担子卖饺饵营生，运气来了，住身在那个小土地庙里，落了半个月长雨，墙脚淘空了，墙倒坍了，两夫妇差点儿压死。待到两人从泥灰里爬出来一看，原来墙里有两坛银子，从此就起了家。不是命是什么！桥头上那杂货铺小丫头，谁料到会作我们围子里的人？五爷是读书人，懂科学，平时什么都不相信，除了洋鬼子看病，照什么'挨挨试试'光，此外都不相信。上次进城一输又是两千，被四爷把心说活了。四爷说：五爷，你玩不得了，手气孬，再玩还是输。找个'原汤货'来冲一冲运气看，保准好。城里那些毛母鸡，谁不知道用猪肠子灌鸡血，到时假充黄花女。横到长的眼睛只见钱，竖到长的眼睛只作伪，有什么用！乡下有的是人，你想想看。五爷认真了，凑巧就看上了那杂货铺女儿，一说就成，不是命是什么!"

贵生一脚踹到一个烂笋瓜上头,滑了一下,轻轻地骂自己;"鬼打岔,眼睛不认货!"

鸭毛伯伯以为话是骂杜老板女儿,就说:"这倒是认货不认人!"

鸭毛伯伯接着又说:"贵生,说真话,我看杂货铺杜老板和那丫头,先前对你倒很有心,旁观者清,当局者迷,你还不明白。其实只要你好意思亲口提一声,天大的事定了。天上野鸭子各处飞,捞到手的就是菜。二十八宿闹昆阳,阵势排好了,先下手为强,后下手遭殃,你不先下手,怪不得人!"

贵生说:"鸭毛伯伯,你说的是笑话。"

鸭毛伯伯说:"不是笑话!一切都是命,半点不由人。十天以前,我相信那小丫头还只打量你同她俩在桥头推磨打豆腐!你自己拿不定主意,这怪不得人!"说的当真不是笑话,不过说到这里,为了人事无常,鸭毛伯伯却不由得不笑起来了。

两人正向竹园坎上走去,上了坎,远远已听到唢呐呜呜咽咽的声音,且听到爆竹声,就知道新人的轿子快来了。围子里也骤然显得热闹起来。火炬都点燃了,人声杂遝。一些应当避开的长工,都说说笑笑跑到后面竹园来,有的还毛猴一般爬到大南竹上去眺望,看人马进了围子没有。

唢呐越来越近，院子里人声杂乱起来了，大家知道花轿已进营盘大门，一些人先虽怕冲犯，这时也顾不得了，都赶过去看热闹。

三大炮放过后，唢呐吹"天地交泰"，拜天地祖宗，行见面礼，一会儿唢呐吹完了，火把陆续熄了，鸭毛伯伯知道人已进门，事已完毕，拉了贵生回厨房去，一面告那些拿火把的人小心火烛。厨房里许多人都在解包封，数红纸包封里的赏钱，争着倒热水到木盆里洗脚，一面说起先前一时过溪口接人，杜老板发现时如何慌张的笑话。且说杜老板和癫子一定都醉倒了，免得想起女儿今晚上事情难受。鸭毛伯伯重新给年轻人倒酒，把桌面摆好，十几个年轻长工坐定时，才发现贵生早已溜了。

半夜里，五爷正在雕花板床上细麻布帐子里拥了新人做梦，忽然围子里所有的狗都狂叫起来。鸭毛伯伯起身一看，天角一片红，远处起了火。估计方向远近，当在溪口边上。一会儿有人急忙跑到围子里来报信，才知道桥头杂货铺烧了，同时贵生房子也走了火。一把火两处烧，十分蹊跷，详细情形一点不明白。

鸭毛伯伯匆匆忙忙跑去看火，先到桥头，火正壮旺，桥边大青树也着了火，人只能站在远处看。杜老板和癫子是在火里还是走开了，一时不能明白。于是又赶过贵生处去，到火场近边时，见有好些人围着看火，谁也不见贵生。人是烧死了还是走开了，说不清楚。

鸭毛伯伯用一根长竹子试向火里捣了一阵，鼻子尽嗅着，人在火里不在火里，还是弄不出所以然。他心里明白这件事。火究竟是怎么起的，一定有个原因。转围子时，半路上碰着五爷和新姨。五爷说："人烧坏了吗?"

鸭毛伯伯结结巴巴地说："这是命，五爷，这是命。"回头见金凤正哭着，心中却说："丫头，做小老婆不开心？回去一索子吊死了吧，哭什么！"

几人依然向起火处跑去。

1937 年 3 月作，5 月改作于北京

1940 年 3 月 22 校改，时大风发木，猛雨打窗

图书在版编目（CIP）数据

沈从文·乡土小说/ 沈从文著；凌宇编. -- 上海 :上海文艺出版社, 2018（2020.7重印）

（新文艺·中国现代文学大师读本）

ISBN 978-7-5321-6838-5

Ⅰ.①沈… Ⅱ.①沈… ②凌… Ⅲ.①短篇小说－小说集－中国－现代

Ⅳ.①I246.7

中国版本图书馆CIP数据核字(2018)第205767号

发 行 人：陈　征

责任编辑：乔　亮

美术编辑：周志武

封面设计：梁业礼

书　　名：沈从文·乡土小说

作　　者：沈从文

编　　者：凌宇

出　　版：上海世纪出版集团　　上海文艺出版社

地　　址：上海绍兴路7号　200020

发　　行：上海文艺出版社发行中心

　　　　　上海市绍兴路50号　200020　www.ewen.co

印　　刷：三河市明华印务有限公司

开　　本：850×1168　1/32

印　　张：6.875

插　　页：2

字　　数：121,000

印　　次：2018年9月第一版 2020年7月第4次印刷

I S B N：978-7-5321-6838-5/I · 5461

定　　价：25.00元

告 读 者：如发现本书有质量问题请与印刷厂质量科联系